Anonym

Literatur- und Intelligenzblatt des deutschen Herold

Antigonos

Anonym

Literatur- und Intelligenzblatt des deutschen Herold

Unveränderter Nachdruck der Originalausgabe von 1872.

1. Auflage 2024 | ISBN: 978-3-38641-279-7

Antigonos Verlag ist ein Imprint der Outlook Verlagsgesellschaft mbH.

Verlag: Outlook Verlag GmbH, Zeilweg 44, 60439 Frankfurt, Deutschland
Vertretungsberechtigt: E. Roepke, Zeilweg 44, 60439 Frankfurt, Deutschland
Druck: Libri Plureos GmbH, Friedensallee 273, 22763 Hamburg, Deutschland

Vorwort.

Die Redaction glaubt durch die Eröffnung dieser neuen Abtheilung des „Herold" das Interesse der geneigten Leser wesentlich gefördert zu haben. Neben dem wissenschaftlichen Hauptblatt, welches den geistigen Gedanken-Austausch zu vermitteln hat, sollte — so ist es meine Absicht — ein lediglich den Interessen des Bücherfreundes und des Sammlers gewidmetes Beiblatt gegründet werden. Die Grundsätze, nach denen die Redaction zu verfahren gedenkt, werden am besten durch die heutige Nummer illustrirt, welche indessen, da aller Anfang schwer, nur als ein bescheidener Versuch gelten soll. Die „**Kleine Chronik**" soll Notizen über künftig erscheinende Bücher, und aus der heraldischen Literatur- und Kunstgeschichte; die „**Bibliographie**" wie bisher die Neuigkeiten des Büchermarktes bringen und auch auf den Kunst- und Antiquarhandel, sowie Auctionen ausgedehnt werden. — Der zweite Theil des Beiblattes soll **bezahlte Inserate** enthalten, für deren Inhalt die Redaction nicht verantwortlich ist. Die erste Stelle wird hier stets den Familien-Anzeigen reservirt, und möchten wir die verehrten Leser bitten, zur Vervollständigung dieses Theiles gütigst mitwirken zu wollen.

Kleine Chronik.

„Ein heraldisches Pracht-Album. Der geistliche Rath Pfarrer Welzel in Tworkau, der zur 300jährigen Jubelfeier der Fideikommiß-stiftung Zeltsch die Geschichte der gräflichen und freiherrlichen Familie Saurma ausgearbeitet und die als Manuscript gedruckte Festschrift theils am 1. Mai den zahlreich versammelten Geschlechtsverwandten, herrschaftlichen Beamten und Schullehrern austheilte, theils bald darauf den Gönnern und Freunden historischer Wissenschaft zusendete, hat nicht nur in Zuschriften hochgestellter Personen (König Wilhelm I., Kronprinz Friedrich Wilhelm von Preußen, Fürstbischof Heinrich II. von Breslau) die Versicherung beifälliger Aufnahme des Werkes, sondern von der gefeierten Familie selbst einen Ausbruck der Anerkennung in sinnigster Weise erhalten. Es ist ihm nämlich außer der Erstattung der Druckkosten ein in Wien und Berlin gefertigtes Prachtalbum zugegangen, dessen Deckel sämmtliche Wappen (das ursprüngliche und die vermehrten, im Ganzen 5) in Silber getrieben enthält; der Dedication, einem Musterstücke der Kalligraphie, folgen nach Häusern geordnet die Photographien aller Mitglieder des ausgebreiteten Geschlechts." Rübezahl IX. Bd. 1870. S. 37. — Wir theilen diese Notiz — obgleich nicht mehr neu, — hier mit, da sie den meisten Lesern unbekannt geblieben sein dürfte.

Herr Wilhelm Freiherr Löffelholz von Colberg zu Wallerstein, ein bekannter gelehrter Forscher, arbeitet schon seit vielen Jahren an einer Oettingen'schen Regesten-Sammlung, an einer Geschichte des Oetting. Münzwesens, des Oetting. Lehenhofes und des Oetting. Activ-Lehenwesens überhaupt. Im Manuscript vollendet ist eine geschichtliche Uebersicht, die einer Darstellung der Rechtsverhältnisse des Hauses Oettingen vorangehen soll (1866). Sie und noch andere viele Arbeiten dienen zur diplomatisch sicheren Herstellung und Documentirung des Oetting. Stammbaumes. Endlich hat Herr v. L. in neuester Zeit ein ausführliches Manuscript vollendet unter dem Titel: „die Kunst- und wissenschaftlichen Fideicomiß-Sammlungen des fürstl. Hauses Oettingen-Wallerstein. 1. Theil Geschichtl. Umriß. Sept. 1870. II. Darstellung und Erläuterung ihres Ordnungsplanes und dessen bisheriger Durchführung mit 91 Beilagen. März 1871. — Aus der gelehrten Feder des Freiherrn dürfen wir Vorzügliches erwarten. Wie sehr erwünscht wäre das Fortschreiten dieser verdienstvollen Werke, wie erwünscht deren Publikation.

Herzog Johann II., Pfalzgraf bei Rhein, war ein großer Freund der Geschichte, der Genealogie, besonders der seines Hauses, der älteren Poesie, und kann mit Recht einer der gelehrtesten Fürsten seiner Zeit genannt werden. An seinem Hofe befand sich Georg Rügner als Secretär und Herold, ferner Hieronymus Rodler, ein geborner Bamberger und großer Freund der Geschichte, der zuerst Secretär dann Kanzler wurde. — Der Herzog legte auf seinem Schlosse zu Simmern eine eigene Druckerei an, welche mit den schärfsten Lettern und allem Erforderlichen auf das Trefflichste ausgestattet war. Rügner's Turnierbuch war das erste aus dieser Offizin hervorgegangene Werk. — Der Herzog † den 18. Mai 1557 und liegt zu Simmern begraben. Oberfrk. Archiv II. Bd. 3. H. S. 132.

Bibliographie.

Almanach de Gotha, annuaire généalogique diplomatique et statistique. 1872. 102 année. 16. (915 S. m. 5 Stahlst.) Gotha. 1 Rthlr. 20 Sgr. Prachtausgabe 2 Rthlr. 25 Sgr.

Berichte des Vorstandes der Schleswig-Holstein-Lauenburgischen Gesellschaft f. d. Sammlung und Erhaltung vaterländ. Alterthümer 1869—71. gr. 4. (16 S.) 6 Sgr.

Burgerstein, Franz Anton Graf von Thun-Hohenstein. M. e. Porträt in Holzschnitt. gr. 8. (123 S.) Wien. 16 Sgr.

Götze, Dr. L., Geschichte der Burg Tangermünde. gr. 8. (114 S.) Stendal. 10 Sgr.

Hofkalender, gothaischer, nebst diplomat.-statist. Jahrbuch 1872. 109. Jahrg. 16. (890 S. m. 5 Stahlst.) Gotha. Gebd. 1 Rthlr. 20 Sgr. Pracht-Ausg. 2 Rthlr. 25 Sgr.

Mainberg, Schloß bei Schweinfurt. Histor. Skizze (von Jens Sattler). gr. 8. (47 S. m. 2 Holzschnitttafeln in 8. und 4.) Nördlingen. 8 Sgr.

Pröll, Schloß Seeberg im Egerlande, seine Geschichte, seine Geschlechter, seine Kirche. gr. 8. (36 S. m. e. Steintafel). Eger 1870. 8 Sgr.

Ridolfi. Des Florentiner Residenten Atanasio Ridolfi Depeschen vom Regensburger Reichstage 1641. Gesammelt und zum ersten Male nach den Originalen des Florentiner Staatsarchives hrsg. v. Dr. Florenz Tortual. gr. 8. (366 S.) Regensburg. 2 Rthlr.

Salinas, Le monete delle antiche cità di Sicilia, dascritte e illustrate. Fasc. III. gr. fol. (S. 13—20 m. 3 Kpfrt.) 1 Rthlr. 20 Sgr.

Spach, Biographies alsaciennes. Archéologie, histoire et littérature alsatiques. gr. 8. (487 S.) Strassburg. 1 Rthlr. 20 Sgr.

Taschenbuch, genealog., der gräfl. Häuser. 1872. 45r Jahrg. 16. (1000 S. m. e. Stahlstich.) Gotha. gebd. 2 Rthlr. 5 Sgr. Pracht-Ausg. 3 Rthlr. 10 Sgr.

Taschenbuch, genealog., der freiherrlichen Häuser 1872. 22r Jahrg. 16. (858 S. m. 1 Stahlstich.) Gotha. gebd. 1 Rthlr. 25 Sgr. Pracht-Ausg. 3 Rthlr.

Trau, Frz., neue Fälschungen römischer Münzen. (Mit 4 Tafeln in Kupferstich.) gr. 8. (40 S.) Wien. 20 Sgr.

Verhandlungen des histor. Vereins f. Niederbayern. 16. Bd. 1. 2. Heft. Alphabet. Register über die Verhandlungen Bd. I — VI incl. des für sich bestehenden Bandes der Verhandlungen des Unterdonaukreises. gr. 8. (196 S.) Landshut. 22½ Sgr.

Vorstehende Werke sind in der Buchhandlung der HH. **Mitscher & Röstell** in **Berlin**, Leipziger Str. 129 vorräthig und von derselben zu beziehen.

Antiquitäten. Sammlung der Herren von X*** und Anderer. Auction: 17. Octob. 1871. Mit vier Illustrationen in Holzschnitt. München. Montmorillon'sche Kunsthandlung.

Unter den vielen interessanten Gegenständen, welche bei dieser Auction unter den Hammer kamen, befand sich eine hierneben abgebildete Gedenktafel der Nürnberger Patricier-Familie Geuder von Heroldsberg, in Vierpaßform, die Zwickel mit Ornamenten ausgefüllt. Im oberen Paß der doppelte Reichsadler; in der Mitte drei Schilde, von denen der links oben den Nürnberger Jungfernadler, der rechte senkrecht getheilt schräge Balken und den halben Adler enthält; der untere mit dem Geuder'schen Wappen wird von zwei Genien gehalten; im Centrum die Jahrzahl 1508. Links sprengen zwei Reiter an, der eine in voller Turnierrüstung mit eingelegter Lanze und mit dem Wappen der Geuder; auf der rechten Seite zwei andere, wovon der Gerüstete das Wappen der Rieter im Schilde führt. Unten sieht man die Herolde und zwei Trompeter zu Pferd. — Kostbares Stück aus der besten Zeit der Nürnberger Glasmalerei, nach einer Zeichnung Albrecht Dürers, wahrscheinlich von Veit Hirschvogel gefertigt. Wohin ist dasselbe gekommen?

Inserate.

Die Heraldische Anstalt von Gust. Seyler
in Berlin
Steglitzer Straße 40. I.

stellt sich in den Dienst eines hohen Adels und der Fachgenossen, unternimmt wissenschaftliche Forschungen, sammelt Material zu Familiengeschichten und übernimmt deren Bearbeitung, besorgt das wissenschaftliche Ordnen von Bibliotheken und Familien-Archiven. Ueber Unternehmungen anderer Art wird ausführlicher Bericht erstattet.

Die
Heraldische Anstalt von Gust. Seyler
in Berlin
Steglitzer Straße 40. 1. Treppe links

offerirt nachstehende Gypsabgüsse von Originalen des königl. Reichsarchives zu München zu den beigesetzten Preisen.

Verpackung 1 Sgr. für je 2 Thlr.

Nr.	Datum.	K.-Maß.	Deutsche Kaiser und Könige.	Preis. Sgr.
1.	1039.	4	Kaiser Heinrich II. der Heilige. Bleibulle	7
2.	1156.	6	Kaiser Friedrich I. Goldene Bulle	9
3.	1328.	5½	Kaiser Ludwig der Bayer. Goldene Bulle	10½
4.	1358.	8½	Kaiser Karl IV. Goldene Bulle	10½
5.	930.	4	„ Heinrich I.	5½
6.	996.	7	„ Otto III.	7

Nr.	Datum.	Mat.	Deutsche Kaiser und Könige.	Preis. Sgr.
7.	1017.	8	Kaiser Heinrich II. der Heilige, an der Urkunde des Bischofs Eberhard II. von Bamberg	7
8.	1194.	9	Kaiser Heinrich VI. Urkunde des Klosters Waldsassen	9
9.	1298.	9½	Kaiser Albrecht I. m. Rücksiegel. 2 St.	10½
10a.	1323.	10½	„ Ludwig der Bayer m. Rücksiegel	10½
10b.	1323.	4½	„ „ Rücksiegel.	4½
10c.	1332.	3½	„ „ Secret	4
11a.	1376.	10	„ Karl IV. mit Rücksiegel	14
11b.	1354.	10		10½
12.	1381.	2½	König Wenzel mit Rücksiegel	2
13.	1444.	14	Kaiser Friedrich IV.	21
14.	1374.	9½	König Wenzel mit Rücksiegel	10½
20a.	1374.	10½		10½
20b.	1374.	2½	„ „ Rücksiegel. Doppelter Adler	2
			Fürsten.	
15.	1165.	8½	Wladislaw I., der zweite König von Böhmen. Doppelsiegel, 2 Stück	14
16.	1171.	9	Friedrich Herzog von Böhmen, 2 St.	14
17.	1262.	11	König Ottokar v. Böhmen m. Rücksiegel	17½
18.	1284—1287.	13	„ Wenzel	17½
19a.	1323.	9½	„ Johann m. Rücksiegel (Adler)	10½
19b.	1338.	2½	König Johann, Secret	2
21.	1330.	4	Herzog Rupprecht von Bayern, Pfalzgraf bei Rhein	4½
22.	1337.	2½	Herzog Heinrich von Niederbayern, Secret	2
23a.	1292.	8	Albert v. Sachsen, Engern, Westphalen, Graf von Brene, Burggraf von Magdeburg	10½

Nr.	Datum.	Mat.		Preis Sgr.
23b.	1364.	11	Herzog Rudolf v Sachsen	14
23c.	1273.	8	„ Johannes „	9
23d.	1297.	7½	„ Albert „	7
23e.	1344.	3	„ Rudolf „ Secret .	2
23f.	„	3	„ „ „ Erzmarschall und Churfürst. Secret.	3
24a.	1273.	8	Markgraf Johannes v. Brandenburg	9
24b.	1297.	6½	„ Otto „	7½
24c.	1309.	8	Markgräfin Anna von Brandenburg, geb. Gräfin v. Henneberg.	7
24d.	1310.	8	Markgraf Heinrich v. Brandenburg.	9
24e.	1346.	4	„ Ludwig von Brandenburg, Herzog von Bayern .	4½
24f.	1354.	4	„ Ludwig von Brandenburg. Secret .	4½
25a.	1365.	13	Herzog Rudolf IV. von Oesterreich mit Rücksiegel	17½
25b.	1379.	3	Herzog Albrecht von Oesterreich .	3
25c.	1375.	11	„ „	14
25d.	1405.	12	„ Leopold von Oesterreich .	14
25e.	1282.	7½	„ Albrecht von Habspurg und Bibura, Landgraf im Elsaß, Sohn Kaisr Rudolf I.	9
25f.	1299.	9½	Rudolf I v. O. u. Steyr. Markgraf in Kärnthen	10½
26a.	1193.	6	Herzog Berthold v. Meran .	5½
26b.	1216.	7	Herzog Otto v. Meran, Pfalzgr. von Burgund, mit Rücksiegel	9
26c.	1207.	8	Herzog Otto v. Meran . .	5½
26d.	1216.	7	„ „ „	7
26e.	1220.	7	„ „ „	7
26f.	1223.	7	„ „ „ Pfalzgr. v. Burgund	7
26g.	1231.	6	Herzog Boppo v. Meran, Propst der Hauptkirche zu Bamberg	7
26h.	„	7½	Herzog Otto v. Meran, fratuelis Bopponis	9
26i.	1247.	7½	Herzog Otto v. Meran, Pfalzgraf von Burgund	9
26k.	1248.	7	Herzog Otto v. Meran, do. do.	9
27a.	1339.	9	Herzog Barnim von Pommern .	10½
27b.	1374.	3	„ Swantibor „ Stettin	5½
27c.	1374	3½	Herzogin Anna von Pommern, grb. Burggr. v. Nürnberg	5½
28.	1202.	7½	Berthold, genannt Markgraf v. Bobburg	7
29a.	1172—1180 u. 1192.	7	Graf Sigfrid von Orlamünde (v. Heinrichsdorf im fränk. Wald) . .	5½
29b.	1271.	7	Graf Hermann von Orlamünde .	7
29c.	1269.	6	Graf Otto v. Orlamünde, Enkel des Herzogs O. v. Meran	5½
29d.	1284.	6½	Graf Otto v. Orlamünde, Herr zu Plassenberg	7
29e.	1285.	4½	Graf Otto v. Orlamünde, Domherr zu Bamberg	4½
29f.	1290.	6½	Graf Hermann v. Orlamünde, Herr zu Plassenberg	7
29g.	1294.	5½	Graf Hermann v. Orlamünde . . .	5½
29h.	1296.	4½	Graf Otto „ Domherr zu Bamberg	4½
29i.	1296.	5	„ „ (laicus comes d. O) . .	5½
29k.	1300.	7	„ „ „ Bruder des Domherrn	7
29l.	1307.	6½	„ „	7
29m.	1320.	6	Gräfin Mechtilde v. O. geb. Gräfin v. Rabenswald (Käsernburg)	7
29n.	1318.	5½	Graf Otto v. O..	5½
29o.	1321.	7½	„ Otto „ Sohn weil. Otto's	5½
29p.	1333.	6½	„ „	7
29q.	1335.	5	Graf Otto von Orlamünde, Herr zu Plassenberg m. Rücksiegel	7
29r.	1337.	6	Graf Otto von Orlamünde, Herr zu Plassenberg	7
29s.	1338.	6½	Graf Otto von Orlamünde (Bruchstück	7
29t.	1338.	4	Gräfin Kunigunde v. Orlamünde, geb. Landgräfin von Leuchtenberg (die angebliche „weiße Frau"). ...	4½

(Fortsetzung folgt.)

B. Seligsberg, Antiq.-Buchhandlung in **Bayreuth** offerirt und versendet franco:

Ritter von Lang, Bayerns alte Grafschaften und Gebiete. Nürnberg 1834. 20 Sgr.

— Bayerns Gauen nach den Volksstämmen der Allemanen, Franken und Bojaren. Ebenda 1839 12½ Sgr.

— Geschichte der Jesuiten in Bayern Ebenda 1819. 10 Sgr.

Ein jüngst erschienener **historischer Catalog** steht **gratis** zu Diensten.

Ich habe von einem Theile der Amthorischen heraldisch und sphragistischen Büchersammlung ein facsimilirtes Verzeichniß anfertigen lassen, das auf Verlangen zu Diensten steht.

Berlin. **J. A. Stargardt,**
Jägerstr. 53.

Bei **S. Hirzel** in **Leipzig** ist erschienen und durch alle Buchhandlungen zu beziehen:

Das

Schriftwesen im Mittelalter

von

W. Wattenbach.

Inhalt: Einleitung. — Schreibstoffe. — Formen der Bücher und Urkunden. — Die Schreibgeräthe und ihre Anwendung. — Weitere Behandlung der fertigen Handschrift. — Die Schreiber. — Buchhandel. — Bibliotheken und Archive.
gr. 8. Preis: 2½ Thlr.

Auf Bestellung franco, gratis.

Bibliotheca historica.

Von dem Preisverzeichniss der in meinen Besitz übergegangenen Bibliothek des Prof. **Friedr. Wilh. Schubert** zu Königsberg sind bis jetzt erschienen:

Abtheilung I. *Statistik und Staatswissenschaft* verbunden mit den historischen Hilfswissenschaften: Culturgeschichte, Handel, allgem. Geschichte, Geographie und Reisen, Mythologie, Archäologie, Genealogie, Heraldik, Numismatik etc.

Abtheilung II. *Asien, Africa, America, Australien.*

Abtheilung IV. *Deutschland* (excl. Preussen).

Abtheilung V. *Preussen.*

Auf Verlangen bin ich gern erbötig, Exemplare franco, gratis zur Disposition zu stellen.

Emanuel Mai, Berlin,

Leipzigerstrasse 15.

Die Schletter'sche Buchhandlung (H. Skutsch) in Breslau

offerirt in tadellosen neuen Exemplaren:

Dorst, Leonhard, Schlesisches Wappenbuch, oder die Wappen des Adels im souverain. Herzogthum Schlesien, der Grafschaft Glatz und der Ober-Lausitz. 3 Abtheilungen, mit 180 Tafeln in Buntdruck, nebst heraldischer Beschreibung der Wappen und kurzen historisch genealogischen Notizen. 4. (11½ Bog. Text und 185 Tfln.) Görlitz 1842—48. Elegant. Leinwandband mit Goldpressung. (Subscriptionspreis ohne Einband 30 Thlr.) Ermäßigter Preis 20 Thlr.

Die erste Abtheilung des Werkes umfaßt Tafel 1—84, die zweite Tafel 85—156, die dritte: 157—180; der erläuternde Text und alphabetische Register sind seiner Zeit nur zum 1. und 2. Bande erschienen: wir haben jedoch jetzt auch noch dem 3. Bande ein Register beigefügt und somit den Werth und die Brauchbarkeit des Buches bedeutend erhöht. -- Für die Besitzer unvollständiger Exemplare des Wappenbuchs bemerken wir, daß dasselbe in 15 Lieferungen, jede mit 12 Tafeln, ausgegeben wurde; von den Lieferungen 8—15 (Bd. II. III.) können wir noch einige Exemplare, zum ermäßigten Preisi von 1 Thlr. 10 Sgr. pro Lieferung ablassen.

— Grabdenkmäler. Ein Beitrag zur Kunstgeschichte des Mittelalters. An Ort und Stelle gesammelt und gezeichnet. Bd. I. II. (Nicht mehr erschienen.) (1½ Bogen Text deutsch und französisch mit 24 Tafeln in Tondruck. Görlitz 1846—47. 4. (2 Thlr. 20 Sgr.) Ermäßigter Preis 1 Thlr.

— Reiseskizzen. An Ort und Stelle gezeichnet mit kurzer Beschreibung. Erstes (einziges) Heft 1 Bogen Text mit 6 Bildertafeln. Görlitz 1847. 4. (1½ Thlr.) Ermäß. Preis 15 Sgr.

Förster, W., Geschichte des kgl. preuß. 1. (Schlesischen) Kürassier-Regiments von dessen Errichtung bis auf unsere Zeit. Lex. 8. (36½ Bog., 8 Facsim., 5 Sintaf.), Bresl. 1842. Mit schwarzen Bildern: (2 Thlr.) Ermäßigter Preis 1 Thlr. Mit colorirten Bildern (2½ Thlr) Ermäßigter Preis 1½ Thlr.

Hieraus besonders:

Uniformen des königl. Preuß. 1. (Schlesischen) Kürassier-Regim. v. 1764—1842. gr. 8. 5 Blatt fein color. Abbildungen nach Zeichnungen von Kosta. In elegantem Umschlag 10 Sgr.

Fragmente aus der Geschichte der Klöster und Stiftungen Schlesiens von ihrer Entstehung bis zur Zeit ihrer Aufhebung im November 1810. Mit 41 Tafeln color. Ordens-Abbildungen. Breslau 1812. (4 Thlr.) Ermäß. Preis 2½ Thlr.

M. Martin Helweg's Erste Land-Charte vom Herzogthum Schlesien. 4 Blatt Holztafeldruck in Folio. Abdrücke v. Jahre 1776. Breslau 10 Sgr.

Idzikowski, Franz. Geschichte der Stadt und ehemaligen Herrschaft Rybnik in Oberschlesien. Mit einem Plane der Stadt und der nächsten Umgegend. gr. 8. Breslau 1861. (1 Thlr. netto.) Ermäß. Preis 20 Sgr.

Knoblich, Augustin, Lebensgeschichte der Heiligen Hedwig, Herzogin und Landes-Patronin von Schlesien. 1174—1243. Nach Quellenschriften ausführlich chronologisch bearbeitet. Nebst kurzen Lebensabrissen der übrigen Glaubenshelden der Diöcese Breslau. Mit 2 Bildern. 2. Ausg. gr. 8. (XXX. u. 272 S.) Breslau 1864. 20 Sgr.

— Dieselbe. Prachtausgabe in Groß-Quarto. Auf starkem Belinpapier mit blauer Randeinfassung und rothen Initialen. (XXX. und 272 S. mit 2 Bildern in Abzügen vor der Schrift.) Breslau 1860. (6 Thlr.) Ermäß. Preis 3 Thlr.

In dieser Ausgabe nur in 50 Exemplaren gedruckt.

Köhler, Gustav, der Bund der Sechsstädte der Ober-Lausitz. Eine Jubelschrift. Lex. 8. Mit Titel in Buntdruck und 5 Taf. bunter und schwarzer Wappen und Siegel-Abbildungen. (Buntdruck-Wappen von Bautzen, Görlitz, Zittau, Lauban, Camenz u. Löbau.) Görlitz 1846. (2 Thlr.) Ermäß. Preis 20 Sgr.

Paprocki, Bartoz, Herby Ryeerstwa Polskiego. Wydanie Turowskiego. Polnisches Wappenbuch m. Holzschnitten. Krakau 1858. 4. 8 Thlr.

Potthast, A., Geschichte der ehem. Cistercienserabtei Reuden in Oberschlesien. gr. 8. Leobschütz 1858. (2 Thlr.) Erm. Preis 1 Thlr.

Thomas, J. G., Handbuch der Literaturgeschichte von Schlesien. Eine gekrönte Preisschrift. gr. 8. (X und 372 S. u. Reg.) Hirschberg 1832. (1½ Thlr.) Ermäß. Preis 1 Thlr. Für jeden Sammler und schlesischen Geschichtsforscher unentbehrlich.

— Hans Ulrich Schaff-Gotsche. Mit Beiträgen z. Gesch. desselben, mitgetheilt v. Frhr. R. Stillfried. (Mit 2 Portr. u. Wappen.) Hirschberg 1820. 15 Sgr.

Ein ausführlicher Katalog aus dem Gebiete der **Schlesischen Literatur und Geschichte** wird auf Verlangen unter Kreuzband franco versandt.

Redacteur: Gustav Seyler in Berlin Steglitzer Str. 40. 1. — Commissions-Verlag von Mitscher & Röstell in Berlin. — Druck von Bieling (G. Dietz) in Nürnberg.

Kleine Chronik.

Standeserhöhung.

Se. Majestät der König von Preußen haben Allergnädigst geruht: den nachbenannten Mitgliedern der Familie von Wangenheim, Winterstein'scher Linie, mit ihrer ehelichen Nachkommenschaft, nämlich:

1) dem Premier-Lieutenant im 3. Garde-Grenadier-Regiment Königin Elisabeth, Paul Richard von Wangenheim,

2) den Hauptmann und Compagnie-Chef im 6. Thüringischen Infanterie-Regiment Nr. 95, Hubert Melchior von Wangenheim,

3) dem Seconde-Lieutenant in demselben Regiment, Gustav Eduard Albert Friedrich von Wangenheim,

4) dem Seconde Lieutenant im 1. Thüringischen Infanterie-Regiment Nr. 31, Georg Richard von Wangenheim,

5) dem Hauptmann und Batterie-Chef im Magdeburgischen Feld-Artillerie-Regiment Nr. 4, Albrecht Udo von Wangenheim,

6) dem Oberst-Lieutenant z. D. und Bezirks-Commandeur des 2. Bataillons (Coblenz) 3. Rheinischen Landwehr-Regiments Nr. 29, Udo von Wangenheim,

7) dem Hauptmann und Compagnie-Chef im Hessischen Jäger-Bataillon Nr. 11, Ernst von Wangenheim,

8) dem Premier-Lieutenant im 4. Posenschen Infanterie-Regiment Nr. 59 und Adjutanten bei der 19. Infanterie-Brigade, Cäcil Arthur von Wangenheim,

9) dem Seekadetten Ernst von Wangenheim,

10) dem Major und Platz-Ingenieur der Festung Mainz, Ernst Wilhelm von Wangenheim,

11) dem Major im Niederrheinischen Füsilier-Regiment Nr. 39, Fritz Ernst von Wangenheim,

12) dem Seconde-Lieutenant und Adjutanten im Garde-Pionier-Bataillon, Heinrich Bernhard von Wangenheim,

13) dem Gerichts-Assessor a. D. und Rittergutsbesitzer zu Neu-Lobitz, Ernst Friedrich Cärl von Wangenheim, sowie dessen beiden zur Zeit noch minorennen Brüdern,

14) Walter Christian von Wangenheim, und

15) Conrad Ulrich von Wangenheim, ferner

16) dem Premier-Lieutenant im Ostfriesischen Infanterie-Regiment Nr. 78, Julius Ernst Carl Siegmund von Wangenheim,

17) dem Premier-Lieutenant im Hessischen Füsilier-Regiment Nr. 80, Ottobald Friedrich von Wangenheim,

18) dem Seconde-Lieutenant im 2. Thüringischen Infanterie-Regiment Nr. 32, Paul Wilhelm Rudolph von Wangenheim,

19) dem Hauptmann a. D., bisher im 6. Thüringischen Infanterie-Regiment Nr. 95, Julius Busso von Wangenheim,

20) dem Seconde-Lieutenant a. D., früher im 4. Thüringischen Infanterie-Regiment Nr. 72, Hermann Julius Moritz Rudolph Roßi von Wangenheim,

die Führung des Freiherrntitels zu gestatten.

Publicirt am 17. Jan. 1872.

Die genealogisch-heraldische Sammlung des Hn. Archivrath Elster in Coblenz umfaßt den gesammten rheinischen Adel; also die mittelalterlichen Territorien von Trier, Cöln, Mainz, Pfalz, Berg, Cleve, Jülich, Luxemburg, Lothringen, (deutschen Antheils) Speyer, Worms, Hessen, Nassau, Siegen, Sponheim, Wild- und Rheingrafen mit allen dazwischen liegenden kleineren reichsständischen, reichsritterschaftlichen und reichsstädtischen Gebieten, also den ober-, mittel- und niederrhein. Kreis. Sie besteht in II Hauptabtheilungen.

I. Ausgestorbener Adel.
II. Noch blühender Adel.

Abtheilung I, ausgestorbener Adel umfaßt folgende Serien:

1) Allgemeiner Theil. Adelsverzeichnisse. Lehens- und Vasallenregister c. 2) Alte Fürstengeschlechter. 3) Gaugrafen 4) Grafengeschlechter. 5) Edelherren (Dynasten). 6) Ritterschaft, Edelleute, Burgmannen, und sonstiger niederer Adel. Die Sammlung repräsentirt ca. 3500—4000 Familien.

Abtheilung II Blühender Adel.
1) Allgemeiner Theil. Wie oben. 2) Fürstenhäuser. 3) Grafen. 4) Freiherrn. 5) Edelleute.

Die Sammlung repräsentirt einige 400—500 Familien.

Sämmtliche Angaben sind entweder durch Urkundenregesten oder sonstige archivalische Notizen, oder durch Stammtafeln und Ahnenproben belegt.

Zur Seite sind die Wappen nach den Originalsiegeln und aufgeschworenen Stammtafeln in Farben ausgeführt. — Derselbe ist gern bereit, wissenschaftlichen Forschungen sowohl, als speciellen Familienforschungen durch Mittheilungen entgegenzukommen.

Genealogische Manuscripte. Meine heraldische Anstalt verwahrt augenblicklich 3 interessante genealogische Manuscripte. Das erste betrifft die Nürnbergischen Familien Ebner und Topler; das 2. Grundherr; das 3. Peßler, Schlauderspach und Schmidmaier. Sämmtlich sind sie von einer Hand, und zwar in den Jahren 1660—1670 verfaßt. Ihre Angaben sind, besonders was das 15. bis 17 Jahrh. betrifft sehr genau und ohne Zweifel nach zuverlässigen Quellen. Am Rande finden sich kleine zierliche, in Kupfer gestochene Wappen der versippten Geschlechter. Ueber den Verfasser findet sich keine Notiz, und nur der Umstand, daß die vorkommenden Mitglieder der Familie Pfinzing ausnahmsweise mit rother Tinte geschrieben, kann als Spur betrachtet werden. Die Genealogie der Ebner soll in einer zeitgemäßen Bearbeitung einem Ergänzungshefte des Herold einverleibt werden. — Ich bin übrigens ermächtigt, jedes Manuscript für 2½ Thlr. zu veräußern. **Seyler.**

Wappenbriefe. Für meine Herald. Anstalt habe ich kürzlich ein interessantes Manuscript aus dem vorigen Jahrhundert erworben. Dasselbe umfaßt nahezu 700 Folioseiten und enthält Adels- und Wappenbrief-Abschriften Nürnbergischer Familien. Den meisten Diplomen sind gemalte Wappen beigefügt, von denen die überwiegende Mehrzahl nach den Originalen mit großer Treue copirt ist.

Die vertretenen Familien sind folgende, wobei die mit Wappenmalereien versehenen Diplome mit † bezeichnet sind. Bayer † 1537. — Behaim † 1681. — Buchner † 1554. — Tillherr 1527; Dipl. des Hofpfalzgr. Dr. Knesler † 1544; 1589; † 1592; † 1600. — Dietherr † 1502. — Endter † 1743. — Fezer, Apian'scher Wappenbrief mit vorangeschickter Comitive † 1551. — Finkler † 1743. — Fürer † 1588. — Furtenbach † 1548. — Gammersfelder † 1466. — Gwandschneider † 1525. — Grundherr † 1547. — Gugel 1543; Patriciatsdiplom 1729. — Haller 1433; † 1463; † 1521; 1528; bischöfl. Speyer. Transsumt des text. Dipl. † 1528. — Herel † 1617. — Markt Heroldsberg † 1417. — Holzschuher † 1547, mit wörtl. Abschrift des kgl. portugiesischen Wappenbriefes. — Hülß † 1578. — Jenisch † 1503. — Imhof † 1685; † 1697; † 1703; Koler † 1469. — Kötzler † 1544. — Löffelholz 1515; † 1708; † 1715. — Muffel 1450; † 1556. — Murr † 1541. — Rüzel 1548.— Oethasen 1489; † 1628; Patriciatsdipl. 1729. — Pez † 1529; † 1628.— Pfinzing † 1554; größere Comitive mit dem Rechte der Nobilitation 1555. — Ploben † 1451. — Rieter 1286 (!); † 1474; Adelsbrief 1474. — Roggenbach † 1433. — Schedel † 1546. — Scheurl 1540; † 1541; Patriciatsd. 1729. — Schlaicher † 1568. — Schmidmayer † 1465; † 1585. — Schreyer † 1472. — Schücker † 1766. — Schwab † 1529. — Serz † 1772. — Etard † 1417. — Thill † 1496; Patriciatsdipl. 1729. — Topler 1392. — Biatis † 1569. — Boit v. Wendelstein 1627. — Volckamer † 1696. — Waldstromer † 1551. — Weiß † 1561. — Welser mit 2 Wappen † 1592. —

Abschriften stehen gegen Vergütung der Auslagen von 15 Sgr. für den Bogen gerne zu Diensten. Auch von den Malereien werden Copien auf Verlangen ausgefertigt. **Seyler.**

Ankündigung. Die Redaction hat es für zweckmäßig erachtet, solche Abhandlungen, welche die Größe von 2 Druckbogen überschreiten, oder deren Uebersichtlichkeit durch abgebrochenen Druck leiden würde, künftig in zwanglosen Ergänzungs-Heften zum „Herold" erscheinen zu lassen. Für dieselben müßte freilich den Herren Lesern ein besonderer Preis in Anrechnung gebracht werden, der sich je nach dem Umfange des Heftes richtet, aber bei demselben Drucke wie der „Herold" dem Preise der Zeitschrift entsprechen würde. Nur wenn artistische Beilagen nothwendig, erhöht sich derselbe. Wir hoffen durch diese Einrichtung die zahllosen Stoffe, welche unsere Wissenschaften und das große Vaterland uns bieten, ihrer Bearbeitung nach und nach näher zu führen. Von einem pecuniären Vortheil ganz absehend wollen wir sowohl den Autoren wie den Lesern eine periodische Schrift darbieten, welche ohne Zweifel eine Lücke ausfüllt. Die Ergänzungshefte können bei herausgestelltem Bedürfniß in eine regelmäßige Zeitschrift umgewandelt werden.

Sowohl die Herren Autoren wie die Herren Subscribenten, welche sich betheiligen wollen, sind freundlichst eingeladen, dies der Redaction mittheilen zu wollen.

Bibliographie.

Annuaire de la noblesse de Belgique p. p. le baron Stein d'Altenstein p. 1871. Bruxelles. 2 Rthlr. 15 Sgr.

Behr, Dr. v. Wappenbuch zur 2. Auflage der Genealogie der in Europa regierenden Fürstenhäuser. 1. Hälfte. Imp. 4. (19 Kpfrtafeln. Leipzig. 4 Rthlr.

Blätter, Berliner f. Münz-, Siegel- u. Wappenkunde. 16. Heft. gr. 8. (128 S. m. 3 Kpfrtaf.) Berlin. 1 Rthlr 10 Sgr.

Brunner. Die „höchst vergnüglichste Reiß" d. Churfürsten Carl Albrecht von Bayern nach Mölk 1739. Ein heitres u getreues Bild d. deutsches Hoflebens u. Hofceremoniels im 18. Jahrh. Nach einer Handschrift d. Münchener Hof- u. Staatsbibliothek m. einer hist. Einleitung. gr. 8. (54 S.) Wien. 6 Sgr.

Hiort-Lorenzen, généalogie des maisons princières regnantes dans l'Europe depuis le congrès de Vienne 1815, suite des tables généalogiques par S. M. la reine Marie-Sophie-Frédérique de Danemark. 16. (180 p.) Leipzig. Gebd. 1 Rthlr.

Hundt, Graf. Das Edelgeschlecht d. Waldecker auf Baßberg, Holnstein, Miesbach u. Hohenwaldeck bis zum Beginne d. 13. Jahrhunderts. (Aus oberbayr. Archiv.) gr. 8. (44 S.) München. 7½ Sgr.

Renner, die Münzensammlung d. Stiftes St. Florian in Ober-Oesterreich in einer Auswahl ihrer wichtigsten Stücke beschrieben u. erklärt. Nebst einer d. Geschichte d. Sammlung betr. Einleitung v. Chorherrn. Jos. Gabelsberger. Mit 7 Tafeln (in Kpfrstich.) u. 8. (lithogr.) Abbildungen im Text. gr. 4 (221 S.) Wien. 10 Rthlr.

Mittheilungen an die Mitglieder d. Vereins f. Gesch. u. Alterthumskunde in Frankfurt a. M. 4. Bd. Nr. 2. gr. 8. (S. 211 bis 397.) Frankfurt a. M. 20 Sgr.

Mittheilungen des Freiburger Alterthums-Vereines aus d. 9. Vereinsjahr 1869. Herausg. im Auftrage des Vereins von H. Gerlach. 8. Heft gr. 8. (S. 703—764 u. Katalog S. 65—92.) Freiburg. 20 Sgr.

Mittheilungen, neue, aus d. Gebiete hist.-antiq. Forschungen. Herausg. v. d. thüring. sächf. Verein f. Erforschung d. vaterländ. Alterthümer u. Erhaltung seiner Denkmale. 13. Bd. 1. Heft. 8. (120 S. m. eingedr. Holzschnitten.) Nordhausen. 20 Sgr.

Raef. Sankt Gallische Denkmünzen. Herausg. v. Histor. Verein in St. Gallen. Fol. (135 S. m. Photolithogr.) St. Gallen. 18 Sgr.

Robbe. Genealog. Hausbuch d. Nachkommen d. Dr. Martin Luther im 25. Jahre nach Gründung d. Leipziger Lutherstiftung herausg. gr. 8. (72 S.) Leipzig. 10 Sgr.

Radies, P. v., die Freiherren von Grimschiz. Eine geschichtl. Studie. gr. 8. (43 S.) Wien. 10 Sgr.

Salinas, le monet delle antiche città di Sivilia descritte e illustrate. Fasc. II. fol. (16 S. m. 3 Kpfrt.) Palermo. 1 Thlr. 20 Sgr.

Sava, Karl v., die Siegel d. österreich. Regenten. (Aus d. Mittheilungen d. k. k. Central-Commission.) 3 (Schluß) Heft. (Mit 35 eingedr. Holzschn.) gr. 4. (S. 141—169.) Wien. à 1 Rthlr.

Schneider, die preuß. Orden, Ehrenzeichen u Auszeichnungen. Geschichtlich, bildlich, statistisch. Das Buch vom schwarzen Adlerorden. Imp. 4. (205 S. m. 9 Taf. in Farbendruck.) Berlin. 7 Thlr. 20 Sgr.

Siegel d. Mittelalters aus den Archiven d. Stadt Lübeck. Herausg. v. d. Verein f. Lübeck. Geschichte u. Alterthumskunde. 9. Heft. gr. 4. (S. 19—48.) m. 6 Steintafeln. Lübeck.

Staats-Wappen aller Länder d. Erde. Nebst Angabe d. Landesfarbe u. Schifffahrts Flaggen. Correct in Farbendr. m. Gold u. Silber. 2. Aufl. Imp. Fol. (1. Blatt). Frankfurt a. M. 2 Rthlr.

Städte-Wappen, deutsche. Farbendruck. Imp. Fol. (1 Blatt.) Frankfurt a. M. 1 Rthlr. 15 Sgr.

Stillfried-Alcantara, Dr. R. Graf, Hohenzollern. Beschreibung u. Gesch. d. Burg nebst Forschungen über d. Urstamm d. Grafen v. Zollern. Mit 27 Abbildungen (m. eingedr. Holzschnitten u. auf 6 Holzschnitttafeln.) gr. 8. (71 S.) Nürnberg. 25 Sgr.

Zeitschrift d. berg. Geschichtsvereins. Im Auftrage d. Vereins. Herausg. v. W. Crecelius. 7. Bd. gr. 8. (315 S.) Bonn. 2 Rthlr.

Zeitschrift d. Harz-Vereins f. Gesch. u. Alterthumskunde. Herausg. im Namen d. Vereins von Dr. Ed. Jacobs. 4. Jahrg. 1871. 4 Hefte. gr. 8. (1. u. 2. Heft 248 S.) Wernigerode. 2 Rthlr.

Zeitschrift d. Vereins f. Gesch. u. Alterthum Schlesiens. Register zu Bd. VI—X. gr. 8. (127 S.) Breslau. 20 Sgr.

Zeitschrift f. vaterländ. Geschichte u. Alterthumskunde. Herausg. v. d. Verein f. Gesch. u. Alterthumskunde Westfalens durch Giefers u. Rump. 29. Bd. oder 3. Folge 9. Bd. 2 Hefte gr. 8. (206 und 256 S. mit einer Steintafel.) Münster. 1 Rthlr. 15 Sgr.

Zeitschrift numismatische. Herausg. u. redig. von Huber, Mitred. Karabacek. 3. Jahrg. 1871. 2 Hefte. gr. 8. (1. Heft 320 S. mit 12 eingedr. Holzschn. u. 8. Kpfrtaf.) Wien. 4 Rthlr.

Obige Bücher sind in der Buchhandlung der Herren **Mitscher & Röstell** dahier, Leipziger Str. 129 vorräthig und durch dieselbe schnellstens zu beziehen.

Cataloge.

Catalogus librorum et manuscriptorum et impressorum quos venales proponit Emanuel Mai. (Leipziger Pl. 15 in Berlin.) IV. Abth. Deutschland V. Abth. Preußen.

Die Cataloge zeichnen sich durch elegante Ausstattung, genaue Titel — was sich auch in bibliographischer Hinsicht werthvoll macht — und sehr billige Preise aus. Wir glauben, daß alle unsere Leser einen erwünschten Fund darin machen können.

Amthors heraldisch-sphragistische Sammlung Nr. 1. J. A. Stargardt's Buchh. in Berlin Jägerstr. 53. Autographirter Catalog.

Enthält viele interessante Piecen, z. B. Amthors im Ms. ausgearbeitete Werke, über den polnischen Adel in Deutschland, Wappenbuch der Preuß. Rheinprovinz (nach Bernd) sowie eine stattliche Reihe werthvoller Druckwerke. Die Siegelsammlung ist bereits verkauft.

Bücher-Auction am 8. April 1872. Verzeichniß einer werthvollen Bibliothek, besonders reich an literarischen Seltenheiten, Wiegendrucken und Prachtwerken, deren Versteigerung am 8. April 1872 in Berlin. Jägerstr. 53 stattfindet. Berlin 1872. J. A. Stargardt. Enthält auch Heraldik und Genealogie.

<table>
<tr><td>

Berichtigung.

In den zu Nr. 10 des „deutschen Herold" vom Jahre 1871 ausgegebenen Mitglieder-Verzeichniß ist irrthümlich

der Herr Hauptmann F. Heyer v. Rosenfeld zu Wien als correspond. Mitglied statt als Ehrenmitglied aufgeführt und werden die Herren:

Hofgraveur Heinicke zu Kassel.

Major, Fhr. v. Ledebur zu Spandau,

Major z. D. Baron v. Reiszwitz zu Warmbrunn und

Cabinats-Rath Siebigk zu Dessau

als corresp. Mitglieder nachzutragen sein.

</td><td>

Brieffasten.

Herrn A. M. H. in M. Auf Ihre Anfrage die Notiz, daß das Nürnbergische Patriciergeschlecht Törrer 3 Schachrochen im Schrägbalken; die fränkische landsässische Familie Neustetter gen. Stürmer einen Schachrochen im Wappen führen. Von den ersteren verwahrt das German. Museum zu Nürnberg ein Siegel aus dem J. 1477 von den letzteren ein solches vom J. 1468.

Herrn Dr. C., Ritter v. M. Verbindlichsten Dank für Ihr gütiges Schreiben. Möchten Sie recht bald die nöthige Muße für den in Aussicht gestellten Beitrag finden.

Herrn P. S. in O. — Bes. — Karte erhalten. Wäre wohl nicht nöthig gewesen. Herzlichsten Gruß!

</td></tr>
</table>

Inserate.

<table>
<tr><td>

Verlag von Gottfr. Basse in Quedlinburg.

A. Bonnardot: Die Kunst, **Kupferstiche zu restauriren** und Flecken aus dem Papier zu entfernen. Eine Anweisung, schadhafte und beschmutzte Kupferstiche, Zeichnungen, Aquarelle ec. von Flecken zu befreien, zu bleichen, zu entfärben, auszubessern und aufzubewahren, sowie Flecken aller Art aus Papier, Pergament, gedruckten Büchern, Papp- und Papierarbeiten ec. auf das Sauberste und unfehlbar zu entfernen. Nach dem Französischen bearbeitet.

Preis: 15 Sgr. = 54 Kr. rhein. = 85 Kr. österr. (Silb).

St. Fr. Constant-Biguier: Handbuch der **Miniatur-** und **Gouache-Malerei**. Verbunden mit einer Abhandlung über Sepie und Aquarell von F. P. Langlois de Longueville. Aus dem Französischen. Mit 4 Tafeln Abbildungen.

Preis: 20 Sgr. = 1 Fl. 12 Kr. rhein = 1 Fl. österr. (Silb.)

Handbuch für **Gemäldesammler** und diejenigen, welche Bildergallerien besuchen. Oder: Lexikon der Maler und der Malerei. Enthaltend die Geschichte dieser Kunst und ihrer einzelnen Zweige; die Entstehung und Geschichte der Schulen; Nachrichten von den verschiedenen Materakademien und Bildergallerien, den vorzüglichsten Künstlern und den merkwürdigsten Gemälden älterer und neuerer Zeit, auch Erklärung der gewöhnlichsten Kunstausdrücke. Nach Sulzer, Perneth, Walpole, Vasari, Fueßly, Fiorilto, Orloff, Hagedorn, Weise und andern bewährten Schriftstellern.

Preis: 1 Thlr. 15 Sgr. — 2 Fl. 42 Kr. rhein. = 2 Fl. 25 Kr. österr. (Silb.)

Dr. F. A. W. Netto. Vollständige Anweisung zur Fabrikation der französischen durchsichtigen, verschiedenartigen **Siegel-Oblaten**, der Abdrücke von Münzen, Medaillen, geschnittenen Steinen und dergleichen, für numismatische und architektonische Sammlungen, und Verfertigung durchsichtiger Kugeln zur Einschließung übelschmeckender Medikamente.

Preis: 7½ Sgr. = 28 Kr. rhein. = 38 Kr. österr. (Silb.).

Dr. Chr. Heinr. Schmidt: Handbuch der **Galvanoplastik** in allen ihren Anwendungsarten. Zunächst für Künstler und Gewerbtreibende. Nach den neuesten Verbesserungen bearbeitet. Dritte, ganz umgearbeitete und sehr vermehrte Auflage. Mit 8 Tafeln Abbildungen.

Preis: 1 Thlr. = 1 Fl. 48 Kr. rhein. = 1 Fl. 50 Kr. österr. (Silb.)

Das von der kgl. bayerischen Regierung autorisirte

Heraldische Institut

des verst. **Dr. Otto,**

Titan von Hefner

zu München,

welches sich in Betreff heraldischer und genealogischer Anfragen des größten Vertrauens, nicht nur aller europäischen, sondern auch der überseeischen Länder zu erfreuen hatte, ist mit seinen reichhaltigen Sammlungen zu verkaufen.

Gef. Anfragen belieben sich zu wenden an das Heraldische Institut München. **Herald. Institut.**

</td><td>

Die

Heraldische Anstalt von Gust. Seyler
in Berlin
Steglitzer Straße 40. 1. Treppe links

offerirt nachstehende Gypsabgüsse von Original-Wachssiegeln des königl. Reichsarchives zu München zu den beigesetzten Preisen.

Verpackung 1 Sgr. für je 2 Thlr.

Nr.	Datum.	M.-Maß.	Grafen und Herrn	Preis. Sgr.
32a.	1311.	7½	Graf Friedrich von Beichelingen der ältere	7
32b.	1311.	7½	Graf Friedrich von Beichelingen der jüngere	7
32½.	1209.	4½	Graf Friedrich von Beilstein, Peilstein in Bayern	6
33a.	1174—94.	5	Graf Hartmann von Tilingen (eines Stammes mit den Grafen von Kyburg).	6
33b.	1210—1219.	5	Graf Hartmann von Tilingen (an rother Hanfschnur)	6
33c.	1258.	5	Graf Hartmann von Dilingen	6
33½.	1267.	6½	„ Ludwig von Eberstein	7
34a.	1337.	7	„ Albrecht von Görz	7
34b.	1284.	8	„ Reinhard von Görz u. Tyrol (an violetter Schnur)	9
35a.	1230.	5	Graf Berthold von Graifsbach	6
35b.	1217.	6	„ von Lechisgemünde (an grauer Hanfschnur)	6
35c.	1226—1237.	6	Graf Berthold von Lechisgemünde Gemahl der Adelheid	6
35d.	1282.	7	Graf Berthold von Greifsbach	7
36.	1341.	3½	„ „ „ „ und Marstetten gen. Nyffen	6
37.	1239.	4	Heinrich von Hagenawe	6
38.	1367.	3	Graf Reinhard von Hanau Domherr zu Bamberg	4
39a1.	1313.	7	Graf Berthold von Henneberg	7
39a2.	1316.	3	Secret.	4
39b.	1349.	3	Gräfin Juta von Henneberg	4
40.	1315.	5	Graf Hermann von Hennburch	6
41.	1258.	5	„ von Helfenstein	6
42.	1319.	4	Friedrich von Hohenloh	4½
42a.	1280.	6	Kraft nobilis de Hohenloch	6
42b.	1288.	5	Konrad von Teck nobilis vir a.d. Hause Hohenlohe	6
42c.	1341.	3	Margaretha von Brauneck, Gem. Golfrieds v. H. Herrn zu Brauneck	4½
42e1,2.	1291.	7	Adelheid von Brauneck	6
42d.	1358.	5	Ulrich Herr zu Brauneck	6
42e.	1317.	3	Margaretha Edle Herrin zu Brauneck	4
42f.	1384.	2	Gerlach von Hohenlohe	3
43a.	1244.	4	Graf Friedrich von Castell	4

</td></tr>
</table>

Nr.	Datum.	Rak.		Preis. Sgr.
43b.	1384.	3	Graf Johann von Castell	4½
43c.	1362.	3	„ Hermann „	4
43d.	1311.	5	„ Rupprecht „	4½
43e.	1311.	5	„ Hermann „	6
43f.	1330.	3	„ Friedrich „	4½
43g.	1319.	4½	„ „ „	6
44.	1209.	4½	„ H. von Kirchberg	4½
44½.	1240.	5	„ Conrad von Luppurg	6
45a.	1255.	7	Landgraf Gebhard von Leuchtenberg	9
45b.	1273.	7	„ „ „	7
45c.	1297.	7	„ Ulrich „	6
45d.	1328.	3	Landgräfin Anna „ „ Gemahlin Ulrichs	8
45e.	1332.	2	Landgraf Ulrich von Leuchtenberg	2
45f.	1351.	4	„ „ „	4
45g.	1358.	3	„ Johann „	4
45h.	1377.	4	„ Hans „	6
45i.	1377.	4	„ Eggoft „	6
45½.	1275.	5	Graf Emicho von Leyningen	4½
46a.	1254.	6	Burggraf Friedrich von Nürnberg	6
46b.	1328.	6	Burggräfin Margaretha „	6
46c.	1356.	3½	Friedrich Bischof von Regensburg geb Burggraf von Nürnberg	4½
46d.	1367.	4	Burggräfin Sophie v. N. geb. Gräfin von Henneberg	6
46e.	1366.	3	Burggraf Friedrich von Nürnberg, Rückfiegel	4
46f.	1367.	9½	Burggraf Friedrich von Nürnberg	10½
46g.	1376.	9	Burggraf Friedrich von Nürnberg mit Rückfiegel	10½
46h.	1376.	3	Burggraf Friedrich von Nürnberg Rückfiegel	4
46i.	1376.	3	Burggraf Friedrich von Nürnberg, Rückfiegel in rothem Wachs, wie Johannes de Dietersheim, plebanus de Culmnach	4
46k.	1379.	6	Anna Aebtiffin v. Himmelcron, geb. Burggräfin v. Nürnberg	6
46l.	1392.	4	Katharina Burggräfin v. N. und Agnes ihre Schwester, Aebtiffin von St. Clara zu Hof	6
46m.	1395	12	Burggraf Friedrich v. N.	14
46n.	1328.	6	Burggraf Friedrich, Domherr zu Bamberg	4½
47a.	sine	5	Graf Ludwig v. Oettingen † 1220	6
47b.	1242.	5	„ „	6
47c.	1275.	4	„ „	4
47a½.	1275.	4	Gräfin Agnes „	4
47d.	1294.	6	Graf Ludwig „ mit Rückfiegel (Gemme)	7
47e.	1348.	6	Graf Albrecht von Oettingen	6
47½.	1282.	5	Graf Friedrich v. Ortenburg	4
47½l.	1190.	8	Graf Rapotto v. Ortenburg	6
48.	1180.	5	Grafen Heinrich u. Eberhard v. Sayn	4½
49a.	1371.	4	Graf Ulrich v. Schowmburg mit Rückfiegel	6
49b.	1371.	4	Gräfin Elsbeth v. Schowmburg, geb. Burggr. v. Nürnberg	6
49½a.	1289.	6	Heinrich v. Schowenburg der ältere	6
49½b.	1289.	6	„ „ der jüngere	7
50a.	1289.	6½	Graf Günther zu Schwarzburg	7
50b.	1298.	7	Graf N. zu Schwarzburg	7
50c.	1280.	3	Graf Günther zu Schwarzburg	8
50d.	1380.	4	Graf Heinrich zu Schwarzburg	4
51.	1310.	6	Graf Günther v. Käfernberg	6
52a.	1228.	7	Fridericus nobilis vir de Truhendingen	6
52b.	1238.	7	Fridericus nobilis vir de Truhendingen	6

Nr.	Datum.	Rak.		Preis. Sgr.
52c.	1271.	6	Graf Friedrich III.	6
52d.	1293.	4	„ v. d., Dekan und Domherr zu Bamberg	4½
52e.	1293,	4	Gräfin Agnes, geb. Gräfin v. Graifsbach	4½
52f.	1296.	4	Friedrich von Truhendingen	6
52g.	1302.	5	„ Propst zu St. Maria in Theurftot	6
52h.	1312.	4	Imogina Gräfin v. T.	6
52i.	1318.	5	Graf Konrad v. Truhendingen mit Rückfiegel	6
52k.	1318.	1	Graf Konrad v. Truhendingen, Rückfiegel	1
52l.	1318.	4	Graf Friedrich von Truhendingen	4½
52m.	1320.	5	„ Konrad „	4½
52n.	1358.	4	„ Heinrich „	4
52o.	1360.	5	„ Friedrich, Dechant zu Bamberg	4
52p.	1360.	4	„ Gräfin Sophie v. T., geb. Gräfin v. Henneberg	4
52q.	1382.	3	Graf Johann v. T.	3
52r.	1386.	3	„ „	3
52s.	1434.	3	Gräfin Anna v. T., Tochter Heinrichs d. älteren Reuß v. Plauen	4
52½.	1281.	5	G. Graf v. Baißingen	4½
53a.	1338.	4	Graf Eberhard v. Wertheim	4
53b.	1338.	7	„ Rudolf IV.	7
53c.	1338.	4	Gräfin Katharina von Wertheim, geb. Burggr. v. Nürnberg	4½
53d.	1338.	3	Gräfin Elisabeth v. Wertheim	4
53e.	1396.	3	Graf Albrecht v. Wertheim, Domherr zu Bamberg	4
53½.	1234.	8	Graf Konrad v. Wafferburg (Bayern)	7
54.	1252.	4	Graf Manegold d. Aeltere v. Wilperch, Better des Bischofs H. v. Würzburg	4
55a.	1276.	5	Konrad v. Wiltberg, Herr zu Wifa	4
55b.	1284.	6	Graf Konrad v. Wildberg	6
55c.	1290.	6	„ „	6
56.	1262.	4	Gräfin Adelheid v. Zolira	4

(Fortsetzung folgt.)

Durch die **Heraldische Anstalt von Gustav Seyler** (Steglitzer Str. 40. I.) in **Berlin** kann bezogen werden gegen Einsendung des Betrages.

Kühles, J. Liber mortuorum monasterii Brunnbacensis. Würzburg 1870. (Mit 4 Wappentafeln). Preis 15 Sgr.

Reitzenstein, C. Chl. Freih. von. Regesten der Grafen von Orlamünde aus Babenberger u. Ascanischem Stamm mit (6) Stammtafeln, Siegelbildern, Monumenten und Wappen. Bayreuth 1871. Preis 3½ Thlr.

Beide Werke kamen nicht in den Handel.

21 Stück alte Wachssiegel, vorzugsweise aus Nürnberg, sind durch uns zum Preise von 2 Thlr. zu beziehen. Einzeln können wir auch geben:

1) Sigillum judicii de Nvrenberg (Reichsschultheiß) 5 Sgr.
2) Christoph v. Stadion, Bischof zu Augsburg (1517—43). 5 Sgr.
3) Gothard Köller. 3 Sgr.
4) Georg Aischendorfer. 3 Sgr.
5) Caspor Weilland. 8 Sgr.
6) Handwercks-Sigill in Seflingen. 2 gr.
7) Hanns Ramlmayr. 4 Sgr.
8) Hanns Heyffler. 3 gr.
9) Johann Carl Gutermonn. 3 Sgr.
10) Joseph Anton Schloterpeck. 3 Sgr.

Sämmtliche Siegel (mit Ausnahme von Nr. 1 u. 2) sind in Kapseln.

Heraldische Anstalt von G. Seyler in Berlin, Steglitzer Str. 40. I.

Redacteur: Gustav Seyler in Berlin Steglitzer Str. 40. I. — Commiffions-Verlag von Mitscher & Röftell in Berlin. — Druck von Bieling (G. Dietz) in Nürnberg.

Kleine Chronik.

Erhebung in den Adelstand. Seine Majestät der König von Preußen haben sich allergnädigst bewogen gefunden:

Den Hauptmann und Compagnie-Chef im 4. Ostpreußischen Grenadier-Regiment Nr. 5, Rudolph Bernhard Walther in den Adelstand zu erheben.

Publicirt den 20. Februar 1872.

Auf einem alten, überaus kostbaren kalenderartigen Buche vom höchsten Kunstwerthe, welches in rothen Sammet mit Goldstickerei gebunden und reich mit den herrlichsten Miniaturen versehen ist, befindet sich auf dem Einbande, sauber in bunte Seide und Gold gestickt, das hier gezeichnete Wappen.

Leider ist von den Farben nur noch das Blau der Schrägbalken und das Gold der halben Pfähle zu erkennen. Alles Andere ist farblos geworden. Ueber dem Schild liegt eine Krone, deren ungewöhnliche Größe auf eine Herzogs- oder Fürstenkrone, wenn nicht gar Königskrone schließen läßt; leider ist von derselben nur der untere (ringförmige) Theil erhalten.

Die Miniaturen und Initialen sind jedenfalls aus der besten niederländischen Schule, und schätze ich das Alter auf das Ende des 15ten Jahrhunderts, vielleicht sind sie sogar von Johann van Eyck selber. Die Miniaturen stellen Bilder aus der Leidensgeschichte Christi dar, begleitet von lateinischem Text mit herrlichen Initialen; voran geht ein Kalender. Das Titelblatt fehlt leider.

Sollte das Wappen nicht das der Maria von Burgund sein, und so das Buch mit ihr nach Oesterreich, und dort in den Besitz der Gabelentz'schen Familie gelangt sein?

Weimar.   **Louis v. Ahlefeldt.**

Wenzel und Albrecht Jamnitzer, Nürnberger Künstler des 16. Jahrhunderts. Wenzel J. wurde gegen Ende des Jahres 1507 oder Anfangs 1508 wahrscheinlich in Wien geboren. Er kam in seinen jungen Jahren mit seinem Bruder Albrecht nach Nürnberg, wo sie sich als Goldschmiede ausbildeten und alsdann für immer ihren Wohnsitz nahmen. Ueber ihre Kunstfertigkeit schreibt Neudörfer: „Sie arbeiten beide von Gold und Silber, haben der Perspectiv und Maaßwerk einen großen Verstand, schneiden beide Wappen und Siegel in Silber, Steine und Eisen ꝛc." Wenzel starb in Nürnberg in seinem 79. Lebensjahre am 15. December 1586. — Numismatische Zeitung v. Leitzmann 1872 Nr. 1.

Bibliographie.

Anzeiger, numismatisch-sphragistischer. Zeitung f. Münz-, Siegel- und Wappenkunde. Red.: H. Walte. V. Jahrgang. 1872. Nr. 1. (24 Nummern) gr. 8. Hannover. 24 Sgr.

Archiv des historischen Vereins des Kantons Bern. VII. Bd. 1868—71. 4. Heft. gr. 8. (V u. S. 545—721). Bern, 1871. 1/3 Thlr.

Argovia. Jahresschrift der historischen Gesellschaft des Kantons Aargau. VI. Bd. gr. 8. (XXVII, 486 mit 1 Steintaf. u. 1 Tabelle in qu. Fol. Aarau, 1871. 2 Thlr.

Dasselbe. VII. Bd. gr. 8. (XII, 343 S.) 2 Thlr.

Arneth, Alfr., Ritter v. Joseph II. und Leopold von Toscana. Ihr Briefwechsel von 1771 bis 1790. 2 Bde. gr. 8. Wien. (1. Bd. LXIX, 875 S., II. Bd. 391 S.) 5 Thlr.

Beiträge zur Geschichte der Fürstenth. Waldeck u. Pyrmont. Im

Namen des Vereins hrsg. von Proret. A. Hahn. III. Bd. 3 Hft. gr. 8. (IV u. S. 1—9—306.) Arolsen. à 1 Thlr.

Brunier, Ludw. Eine mecklenburgische Fürstentochter. (Helene, Herzogin von Orleans.) Mit 1 (lith.) Porträt der Herzogin Helene von Orleans. gr. 8. (X, 249 S.) Bremen. 1 1/3 Thlr. geb. m. Goldschn. 1 3/4 Thlr., Ausg. auf Chamois-Pap. 2 Thlr., geb. m. Goldschn. 3 1/2 Thlr.

Brunner, Dir. Carl. Hans von Hallwil, der Held von Granson und Murten, mit übers. Darstellung seiner Vorfahren. gr. 8. (226 S. mit 1 Tab. in qu. 4. und 1 lith. Taf.) Aarau. 24 Sgr.

Drivol, P. Aeltere Geschichte der deutschen Reichsstadt Eger und des Reichsgebiets Egerland. In ihren Wechselbeziehungen zu den nachbarlichen deutschen Landen und Böhmen, unter Mitbenutzung urkundlichen Materials dargestellt. 1. Lief. gr. 8. (64 S.) Leipzig. 1/4 Thlr.

Fickentscher, Dr. L. Die richtige Deutung der Adlerschilde auf den Münzen der Markgrafen von Brandenburg altfränkischer Linie. Numismatisch-heraldische Linie (?) [Aus „Archiv des histor. Vereins von Oberfranken".] gr. 8. (82 S.) Bayreuth, 1871. (Hof, Grau u. Co.) 1/2 Thlr.

Gegenbaur, Gymn.-Oberlehrer J. Das Kloster Fulda im Karolinger Zeitalter. I. Buch. Die Urkunden. gr. 8. (106 S.) Fulda, 1/2 Thlr.

Haggenmiller, J. Genealogie der Hohenzollern von 1061 bis 1871. Imp. Fol. (1 Bl.) Kempten. 1/4 Thlr.

Hallwich, Dr. Zur Geschichte des Teplitzer Thales. Ein Vortrag, gehalten in der 4. Wanderversammlung des Vereins für Geschichte der Deutschen in Böhmen zu Teplitz, am 28. Sept. 1871. gr. 8. (14 S.) Prag, 1871.

Hildebrandt, Ad. M. Heraldisches Musterbuch. Für Edelleute, Kunstfreunde, Architekten ꝛc. Fol. (IV, 10 S. mit 8 Steintaf.) Berlin. 1 Thlr. 6 Sgr.

Hunziker, Prof. J. Das Jahrzeitenbuch der Leutkirche von Aarau. gr. 8. (119 S.) Aarau. 16 Sgr.

Jahrbuch des historischen Vereins des Kanton Glarus. 8. Heft. gr. 8. (IV, 162 S. m. 4 Chromlith.) Zürich. 1 1/2 Thlr.

Jahrbücher des Vereins f. mecklenburgische Geschichte u. Alterthumskunde, aus den Arbeiten des Vereins herausg. von Geh. Archivrath Dr. G. C. Fried. Lisch. 36. Jahrg. Mit 13 (eingedr.) Holzschn. Mit angehängten Quartalberichten. gr. 8. (IV, 277 S.) Schwerin. 1 2/3 Thlr.

Lefflad, Prof. Mich. Regesten der Bischöfe von Eichstätt. I. Abth. Von 741—1229. gr. 4. (III, 54 S.) Eichstätt. 1 Thlr.

Mittheilungen der Gesellschaft f. Salzburger Landeskunde. 11. Vereinsjahr 1871. gr. 8. (169 S.) Salzburg. 1 1/2 Thlr.

Mittheilungen des Vereins für die Geschichte und Alterthumskunde von Erfurt. 5. Heft. gr. 8. (XV, 185 S. m. 3 Steintaf. in 4.) Erfurt. 3/8 Thlr.

Münzstudien [Neue Folge der Blätter f. Münzkunde] herausg. von H. Grote. Nr. 21 u. 22. gr. 8. Leipzig. 1 1/3 Thlr. 21. (VII Bd. VI u. S. 351—506 mit 7 Steintaf.) — 22. (170 S.)

Posse, Dr. Otto. Die Reinhardsbrunner Geschichtsbücher, eine verlorene Quellenschrift. Zur Kritik der späteren thüring. Geschichtschreibung. gr. 8. (63 S.) Leipzig. 12 Sgr.

Schatzmayer, Dr. C. Anton A. Graf v. Auersperg. [Anastasius Grün.] Sein Leben und Dichten. Ein Vortrag, geh. in der Aula der Realschule 1. Ord. zu Elberfeld n. a. a. O. 2. Aufl. gr. 8. (32 S.) Frankfurt a. M. 1/10 Thlr.

Schlesiens Vorzeit in Bild und Schrift. Namens des Vereins für das Museum schles. Alterthümer herausg. von Dr. Herm. Luchs. II. Bd. (Jahrg. 1870). 3. u. 4. Heft. gr. 4. (3. Heft. S. 61—70 mit 1 Steintaf. in 4., 2 Holzschnitttaf. in qu. Fol. n. 3 eingedr. Holzschn.) Breslau. 1 Thlr.

Scriptores rerum Silesiacarum. Herausg. vom Vereine f. Geschichte und Alterthum Schlesiens. VII. Bd A. u. d. T.: Historia Wratislaviensis et que post mortem regis Ladislai sub electro Georgio de Podiebrat Bohemorum rege illi acciderant prospera et adversa. Von Mag. Peter Eschenloer. Namens des Vereins für Geschichte und Alterthum Schlesiens herausg von Dr. Herm. Markgraf. gr. 4. (XXIX, 257 S.) Breslau. 2½ Thlr.

Scriptores rerum Svecicarum medii aevi. Tomi III., sectio posterior. Fol. (298 S.) Upsalia (Leipzig, Köhler). 4⅓ Thlr.

Siebmacher's, J., großes und allgemeines Wappenbuch in einer neuen, vollständig geordneten und reich vermehrten Aufl. mit herald. u. histor. geneal. Erläuterungen herausg. von Archiv-R. v. Mülverstedt, A. M. Hildebrandt, Hauptm. Heyer ꝛc. 91. bis 93 Lief. gr. 4. (52 S. m. 54 Steintaf.) Nürnberg. Subscript.-Pr. 1 Thlr. 18 Sgr. Einzel-Pr. 2 Thlr.

Urkundenbuch der Stadt Lübeck. Herausg. v. d. Vereine für Lübeck. Geschichte u. Alterthumskunde. III. Theil. 12. Liefg. Register. gr. 4. (S. 849—923.) Lübeck, 1871. 1 Thlr. 6 Sgr.

Urkundenregister, schweizerisches, herausg. v. der allgem. geschichtsforsch. Gesellschaft der Schweiz. Red. von Dr. B. Hidber. II. Bd. 3. Heft. gr. 8. (S. 321—480.) Bern. ⅔ Thlr.

Walz, M., u. Karl v. Frey. Die Grabdenkmäler von St. Peter u. Nonnberg zu Salzburg von 1235—1600. Mit 62 Steindrucktaf. gr. 8. (289 S.) Salzburg, 1871. Cart. 3⅓ Thlr.

Wegner, Ober-Regierungs-Rath Richard. Ein pommersches Herzogthum und eine deutsche Ordens-Komthurei. Culturgeschichte des Schweizer Kreises nach den archiv. u. anderen Quellen bearbeitet. Ein Beitrag zur urkundl. Geschichte des Deutschthums in Westpreußen, wie auch zur Kenntniß der Alterthümer dieses Landestheils, mit zahlreichen Illustr. und bisher noch ungedr. histor. Dokumenten. I. Bd. 1. u. 2. Theil bis 1466. gr. 8. (439 S. mit eingedr. Holzschn., 6 Holzschnitttaf. u. 4 Steintaf.) Posen. 3⅓ Thlr.

Vorstehende Werke sind in der Buchhandlung der Herren **Mitscher & Röstell** in **Berlin**, Leipzigerstr. Nr. 129, vorräthig und durch dieselbe zu beziehen.

Cataloge.

16. Verzeichniß einer werthvollen Sammlung von Autographen. Für beigefügte Preise zu beziehen von Richard Zeune in Berlin (Steglitzerstr. 58). Berlin, 1871.
Die erste Abth. (Fürsten, Feldherren, Staatsmänner) mit 167 Nummern, führt viele Namen des europäischen Adels an. Von Deutschen z. B. Barfuß, Blücher, Brühl, Friesen, Fugger, Gagern, Hardenberg, Hatzfeld, Hirschfeld, Khevenhüller, Knau, Lützow, Möllendorf, Müffling, Münchhausen, Riedesel ꝛc. Die Preise sind sehr mäßig.

Verzeichniß von Werken aus der Münzwissenschaft, der Genealogie, Heraldik und Diplomatik. Nr. 77. List u. Francke in Leipzig, Universitätsstraße 15. Leipzig, 1872.
4 Seiten enthalten Werke aus unseren Disciplinen.

Catalog Nr. 329 des antiquarischen Bücherlagers von Kirchhoff u. Wigand in Leipzig, Marienstr. 7. Geschichte I. Vermischtes. Allgemeine Geschichte. Hülfswissenschaften. Januar 1872.
Ziemlich reichhaltiger Catalog: Das Sibmacher-Fürst'sche Wappenbuch 20 Thlr. Sibmacher-Weigel-Köhler 20 Thlr.

Catalog Nr. 330 desselben Antiq. Geschichte II. Das deutsche Reich und die früheren Reichslande. — Cat. Nr. 331. Geschichte III. Die außerdeutschen und außereurop. Länder.
Besonders wichtig ist die zweite Abtheilung.

Briefkasten.

Die heutige Nummer unterrichtet den verehrten Leser von einem Unternehmen, das, wie wir hoffen, vielseitigen Nutzen stiften soll. Es soll nämlich durch die beigegebene Kunst-Beilage eine Serie „heraldischer Musterblätter" eröffnet werden, von welcher wir — wenn irgend möglich — künftig mit jeder Nummer ein Blatt bringen werden. Der reichhaltige und gediegene Stoff, welcher uns vorliegt, kann den „Herold" auf mehrere Jahre hinaus beschäftigen.

Wir haben nun die Absicht, die einzelnen Blätter zu sammeln und von Zeit zu Zeit eine mit dem erforderlichen Text versehene gesondert erscheinende Lieferung „heraldischer Musterblätter" auszugeben. Wir werden jedoch vorläufig nur eine ganz geringe Anzahl von Exemplaren (höchstens 50) separat abziehen lassen, weßhalb etwaige Liebhaber gut thun werden, ihre Wünsche rechtzeitig bei der Redaction anzumelden.

Herrn P. R. — Ihnen wie jedem andern neu eintretenden Leser stehen die beiden vollständigen Jahrgänge zum Preise von à 1 Thlr. 15 Sgr. gerne zu Diensten, und können dieselben sowohl direct vom Verein, als auch durch den Buchhandel bezogen werden.

Herrn Antiq. St. in Br. — Wenn ich Ihre Angelegenheit im wissenschaftlichen Theile besprechen soll, muß ich nothwendig ganz genaue Notizen — denen natürlich das wissenschaftliche Interesse nicht mangeln darf — erhalten. Ihren Mittheilungen vom 19. Febr. kann ich nur den Inseratenraum zur Verfügung stellen.

Herrn W. in D. — Unser Literaturblatt ist kein ständiges; ich beabsichtige vielmehr, es nur nach Bedürfniß — wenn interessanter literarischer Stoff und dringende Inserate vorliegen — erscheinen zu lassen.

† Da ich wegen meiner bibliographischen Unternehmungen mit sehr vielen Antiquaren zu verhandeln habe und sehr häufig Sammlungen von Leichenreden, Deductionen ꝛc. (die selten catalogisirt werden) in die Hände bekomme, so bin ich möglicherweise im Stande, dem einen oder andern der Herren Leser eine gewünschte bezügliche Schrift nachweisen zu können. Diejenigen Herren, welche mir Desideratenlisten einsenden, können darauf zählen, daß ich ihre Wünsche auch für die Zukunft im Auge behalten werde.

Bei etwaigen Kaufgesuchen würde es gut sein, gleich das höchste Gebot mit beizufügen.

Im Laufe des Jahres gedenke ich auch die hervorragendsten auswärtigen Sammlungen zu besuchen und für meinen Handgebrauch zu catalogisiren.

Von etwa einlaufenden Anfragen kann ich jedoch nur diejenigen sogleich beantworten, bei denen ich den gewünschten Nachweis zu liefern vermag.   Seyler.

Inserate.

Veränderte Adresse.

Meine Wohnung ist von heute ab:
Potsdamerstr. 43a. II.
Berlin, den 1. März 1872.   **G. Seyler.**

Von der Heraldischen Anstalt von G. Seyler in Berlin kann bezogen werden:
Müller, Klunzinger und **Seubert**, Neuestes Allgemeines Künstlerlexicon. Leben und Werke der Künstler aller Zeiten und Völker ꝛc. 4 Bände. Stuttgart 1857—70. (Ladenpreis 16 Thlr.) Neu für 5 Thlr. gegen baar.

Zu verkaufen sind:
Ein M. S. Wappenbuch aus der ersten Hälfte des XVII. Jahrhunderts, enthalten mehrere tausend mit der Feder gezeichnete niederländische, französische und deutsche Wappen nebst Angabe der Farben.

Illustrirte deutsche Adelsrolle des XIX. Jahrhunderts. Leipzig. Schäfer. 1858—1861, soweit erschienen. 2 Tafeln unbedeutend lädirt.

Angebote bittet man an die Redaction zu richten.

☛ Notiz. Den heute beigefügten Prospect: **Bedeutende Preisherabsetzung von Kneschke's Allgem. deutschen Adelslexicon** bittet einer geneigten Beachtung zu würdigen
          Fr. Voigt's Buchhandlung in Leipzig.

Redacteur: Gustav Seyler in Berlin, Potsdamer Str. 43a. II. — Commissions-Verlag von Mitscher & Röstell in Berlin.
Druck von A. Haack in Berlin.

Kleine Chronik.

Erhebung in den Adelsstand. Seine Majestät der König von Preußen haben Allergnädigst geruht:

Den Geheimen Kommerzien-Rath Gerson Bleichröder und den Geheimen Kommerzien-Rath Adolph Hansemann in den erblichen Adelsstand zu erheben.

Publicirt den 21. März 1872.

Auf einem alten silbernen und vergoldeten Salzfaß aus dem Jahre 1580 (wohl Nürnberger Arbeit) sind die folgenden Wappen angebracht.

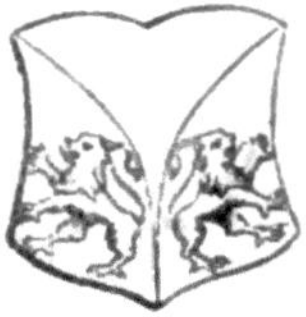

Welchen Familien gehören sie an?

Weimar.   L. v. Ahlefeldt.

Aenderungen, welche jüngst im städtischen Bauamte zu Nürnberg vorgenommen wurden, haben zu einem kunstgeschichtlich interessanten Funde von mehr als anderthalbhundert Holzstöcken aus der ersten Hälfte des 16. Jahrhunderts geführt. Dieselben stellen Kostümfiguren aus der angegebenen Zeit und dem vorhergehenden Jahrhundert nebst Wappen der Nürnberger Patricier und ehrbaren Familien dar und waren ursprünglich offenbar für ein großartig angelegtes, zum Druck bestimmtes Geschlechterbuch angefertigt. Der Kostümfiguren sind einundzwanzig (sechs andere, ohne Zweifel ursprünglich in diese Reihe gehörende, befinden sich seit dessen Gründung im germanischen Museum); die übrigen stellen Wappen und Titelverzierungen dar. Zu diesen letzteren gehören, nach Analogieen zu schließen, auch die beiden Nürnberger Wappen sowie der Reichsadler, ferner zwei Wappen, welche, das eine in etwas unheraldischer Weise, die Machtverhältnisse Kaiser Karl's V. andeuten, nebst den bekannten beiden Säulen mit dem Spruche: plvs vltra u. s. w. Die Zeichnung ist derb, die Schraffirung einfach, nach alter Weise aus dem Langholz mit dem Messer geschnitten. Doch die Trachten sind richtig, die Figuren, namentlich aber die Wappen zeugen von der Hand eines trefflichen Meisters. Einige der letzteren sind erst in Federzeichnung vorhanden und noch nicht geschnitten, ein paar zeigen sogar erst Schild und Decken, ohne die Wappenbilder und Helme. Die meisten Stöcke sind numerirt und mit Namen bezeichnet; die Figuren tragen deren mehrere und sollten nach damaliger Sitte wiederholt werden. Ueber Anlaß und Urheber des Unternehmens lassen sich bis jetzt nur Vermuthungen aufstellen. Wahrscheinlich stand der Rath der Stadt dazu in näherer Beziehung und vielleicht können aus alten Rechnungen noch Nachweise geliefert werden. Das Werk muß in's Stocken gerathen und aufgegeben sein, da schon die Stöcke nicht vollendet sind. Einige derselben tragen Spuren, daß Probedrucke davon abgezogen worden; mit wenigen Ausnahmen sind sie wohl erhalten. Der ganze Fund wird einen entsprechenden Platz im städtischen Museum bekommen, und es ist Aussicht gegeben, daß durch genommene Abzüge die interessanten Darstellungen weiteren Kreisen werden zugänglich gemacht werden. (Anzeiger f. K. d. Vorzeit. 1872. Nr. 2.)

Familiennachrichten.

Ein auswärtiger Leser unserer Zeitschrift hat die Ansicht ausgesprochen, es würde vielen Freunden des Herold angenehm sein, monatliche Ueberfichten über die genealogischen Veränderungen zu erhalten. Mit aller Bereitwilligkeit entsprechen wir diesem Wunsche, bemerken jedoch, daß wir selbst die große Lückenhaftigkeit unserer heutigen Uebersicht nicht leugnen. Die Freundlichkeit der Leser könnte uns diese schwierigen und mühsamen Zusammenstellungen bedeutend erleichtern, wenn sie für einen bestimmten District die Mitarbeit übernehmen würden. Von der Mittheilung der Geburten wollen wir vorläufig, und wenigstens in so lange absehen, bis wir in die Lage versetzt sind, genaue Notizen geben zu können. Die üblichen Anzeigen enthalten die Namen der Neugebornen niemals, und nur sehr selten die Vornamen der Eltern, — womit unserem Zwecke nicht gedient ist.

Todesfälle.

Friedrich Adrian von Arnstedt aus dem Hause Groß-Werther, Kgl. Appellationsgerichtsrath, Ehrenritter des Johanniter-Ordens, † am 12. März zu Naumburg.

Elise Gräfin von Bassewitz-Prebberede geb. von Werder, † am 15. Februar.

Anna von Bockelberg, Töchterchen des Herrn H. von Bockelberg, und Anna geb. von Lettow-Vorbeck, † am 6. März zu Woldenburg bei Bützow.

Heinrich Friedrich von Brucken, genannt von Fock, Ober-Regierungsrath a. D., auf Stücken bei Belit, Ehrenritter des Johanniter-Ordens, † zu Stücken am 18. Januar.

Ludwig Freiherr von Edelsheim, badischer Staatsminister a. D., † am 13. Februar zu Constanz, 49 J. alt.

August von Gaedecke, Königl. Oberst z. D., † am 17. März zu Berlin.

Julius Grote, Freiherr zu Schauen, Erbschenk im Fürstenthum Halberstadt, auf Schauen bei Osterwieck, Rechtsritter des Johanniter-Ordens, † am 4. März zu Schauen.

Amalie von Hillner geb. Sutorius, † am 15. März zu Fraustadt, 77 J. alt.

Eduard Graf von Hoverden-Plencken, Kgl. Preuß. Kammerherr, Geh. Justizrath a. D., Majoratsherr rc., † am 21. März zu Hünern bei Ohlau, 75 J. alt.

Justus von Kahlden, Lieutenant im 3. Garde-Regt. zu Fuß, Ritter des eisernen Kreuzes II. Klasse, † am 15. März zu Frankfurt a. d. O., 22 J. alt.

Bernhard von Kerssenbrock, Geh. Regierungsrath und Landrath a. D. auf Helmsdorf bei Gerbstedt, Ehrenritter des Johanniter-Ordens, † am 25. Januar zu Helmsdorf.

Carl von Kropff, General-Lieutenant z. D., Rechtsritter des Johanniter-Ordens, † am 11. Februar zu Potsdam.

Carl Albert von Lücken, Großherzogl. Mecklenb.-Schwerinscher Kammerherr auf Massow in Mecklenburg, Ehrenritter des Johanniter-Ordens, † am 1. Januar zu Nizza.

Curt von Mengersen (ange., von dessen Mutter Frau Louise von Mengersen geb. von Olenhusen), † am 7. März zu Uslar, 4½ J.

Freiherr C. B. von Münchhausen, Herzogl. Braunschweig. Hofmarschall, Kammerherr und Hoftheater-Intendant, † zu Ende der ersten Märzwoche in Braunschweig.

Georg Carl Wilhelm, Freiherr von Münchhausen, Ober-Regierungsrath a. D., Rechtsritter des Joh.-Ordens seit 1860, † am 9. Februar zu Erfurt.

Otto Friedrich Johann Gerlach von Münchhausen, Geh. Regierungsrath und Landrath a. D. auf Neuhaus-Leitzlau bei Leitzlau, Rechtsritter des Joh.-Ordens, † am 13. Jan. zu Neuhaus-Leitzlau.

Gustav von Oerlich, Kgl. Major a. D., † am 19. März zu Rödelheim bei Frankfurt a. M.

Carl von Paschwitz, Kgl. Oberst a. D., † am 7. März zu Görlitz, 79 J. alt.

Mathilde verwittw. Erbmarschallin zu Putliz geb. v. Grävenitz, † am 2. März zu Berlin.

Leopold Rolla du Rosey, Oberst z. D., Senior des Eisernen Kreuzes und Ritter des Kronenordens II. Klasse, † am 12. Febr. zu Ulberwangen in Ostpr., 82 J. alt.

Clara verwitw. Freifrau von Schele geb. von dem Bussche-Kessell, † am 18. März zu Jerxheck.

Auguste von Schenk, Töchterchen des Hrn Oberst von Schenk, und Louise geb. von Luck, † am 19. März.

Hans Heinrich Carl Siegesmund von Schweinitz, Geh. Regierungsrath z. D., Ehrenritter des Joh.-Ordens seit 1826, † am 4. März zu Liegnitz.

Ferdinand, Prinz zu Solms-Braunfels, Major a. D. zu Braunfels, Ehrenritter des Joh.-Ordens, † am 5. Januar zu Bau.

Gustav Friedrich von Sydow, Oberst a. D., Ehrenritter des Joh.-Ordens, † am 15. Januar zu Frankfurt a. d. O.

Rudolph von Sydow, Wirkl. Geh. Rath, † am 14. März zu Berlin.

Carl August Erdmann, Freiherr von Westphalen, † am 17. Februar zu Berlin, 38 J. alt.

Karl Maximilian von Woisky, Kgl. Preuß. Oberstlieutenant in Pension, Ritter des Eisernen Kreuzes, Veteran aus den Freiheitskriegen, † am 21. Februar zu Dresden, 81 J. alt.

Eduard von Wulffkrona, Ritter des Ehrenkreuzes des Hohenzollern'schen Hausordens, † am 19. März zu Stralsund.

Otto von Zastrow, Kgl. Kammerherr, † am 16. März zu Berlin, 74 J. alt.

Nina von Zander, † am 22. März zu Berlin, 15 J. alt.

Inserate.

Bitte.

Unterzeichneter, im Begriff, die von O. T. v. Hefner begonnene Abtheilung „Hoher Adel" des neuen Siebmacher in würdiger Weise fortzuführen, bittet alle seine Freunde und Besitzer von sphragistischen Sammlungen, oder Suiten neuerer fürstlicher resp. gräflicher Siegel oder Monographien einzelner der gewünschten Familien, ihm dieselben nur auf einige Tage gütigst leihweise anzuvertrauen. Die sorgsamste und prompteste Rückgabe ist für mich Ehrensache, ebenso betrachte ich die Tragung der entstehenden Porti's durch mich als selbstredend.

M. Gritzner,
Lieutenant a. D.
Victoriastraße 11.

Berlin, März 1872.

Verzeichniß

der zunächst gewünschten Familien: Arremberg, Dietrichstein, Bentheim, Fürstenberg, Solms, Isenburg, Kaunitz, Lobkowitz, Löwenstein, Looz-Corswarem, Starhemberg, Trauttmannsdorff, Waldburg. — Natürlich sind nicht nur die fürstlichen, sondern auch alle früheren, die Entwickelung des Wappens zeigenden Siegel zc. höchst wünschenswerth und angenehm.

Siegel-Verkauf.

6000 Stück Siegelabdrücke von Wappen fürstl., gräfl., freiherrlicher und adlicher Familien, sämmtlich gut erhalten und mit Namen versehen, offerire ich zum Verkauf in Parthien à 1000 Stück (100 fürstl., 100 gräfl. und 800 freiherrl. und adliche Siegel) zu 5 Rthl. Crt.

Georg Dameke in Bernburg.

Folgende **Pergamenturkunden** werden zum Kauf angeboten:

1. Lehnbrief des Standesherrn von Muskau, des Freiherrn Curt Reinicke von Callenberg für Georg Seyfried von Petersdorf über das Guth Beinsdorf v. 5. August 1658.
2. Lehnbrief der Ursula Regina Gräfin von Callenberg, geb. Gräfin von Friesen, als Vormünderin ihres Sohnes, des Standesherrn Johann Alexander v. C. für Georg Abraham v. Dyherr, bezüglich desselben Guthes v. 10. Juli 1713.
3. Lehnbrief des Reichsgrafen Georg Alexander Heinrich Herrmann von Callenberg, Standesherrn auf Muskau für Karl Nicolaus von Rheden nach Absterben der Gemalin desselben einer von Carlowitz mit demselben Guthe v. 11. Juli 1782.

   Alle drei Urkunden sind mit eigenhändigen Unterschriften und mit daran hängenden, wohlerhaltenen Wachssiegeln in Kapseln versehen.

---

4. Diplom des König Johann III. von Polen über Erhebung des Johann Isebrandt, Kapitain eines Dragoner-Regiments, gebürtig aus Danzig, in den Adelstand des polnischen Reichs zc. und Ertheilung eines darin in Farben dargestellten Wappens v. 18. März 1676.

   Eigenhändige Unterschrift des Königs und des Reichskanzlers. Siegel in anhängender Blechkapsel zertrümmert.

   Preis zusammen 20 Thaler.

Adressen befördert die Redaction d. Bl.

Redacteur: Gustav Seyler in Berlin, Potsdamer Str. 43a. II. — Commissions-Verlag von Mitscher & Röstell in Berlin. Druck von A. Haack in Berlin.

Kleine Chronik.

Erhebung in den Adelstand. Seine Majestät der König von Preußen haben Allergnädigst geruht:

Die Gebrüder Lösch, nämlich:

Den Premier-Lieutenant und Rittergutsbesitzer Friedrich Julius Lösch auf Lorzendorf im Kreise Namslau,

Den Rittmeister a. D. und Rittergutsbesitzer Johann Leopold Lösch auf Laski, im Kreise Schildberg,

Den Premier-Lieutenant und Rittergutsbesitzer, Landesältesten Heinrich Balthasar Lösch auf Kammerswaldau im Kreise Schönau, und

Den Lieutenant und Appellationsgerichts-Referendarius Georg Alexander Lösch

in den Adelstand zu erheben.

Publicirt den 8. April 1872.

Nach Ableben des Herrn Kammerherrn Wilhelm Eberhard Pflugk auf Strehla, den 20. Januar 1872, hat das Geschlecht den Herrn Samuel Heinrich Gottlieb Pflugk, Großherzogl. Mecklenburgischen Hafencommissarius zu Rostock, zum Geschlechts-Aeltesten erwählt. (Leipzig, April.)

Christoph Franz (von Hutten), Fürstbischof von Würzburg, † den 26. April 1729, war ein Freund der genealogischen und historischen Antiquitäten. Die Epitaphien und Grabschriften der Bischöfe, Prälaten und Capitularen des Domstiftes, welche in „Finsterniß begraben lagen," hat er „zu großem Vortheil und Nachruhm des gesammten Fränckischen Adels" wieder an das Licht gebracht und in der Domkirche an den Mauern anbringen lassen. Nicht weniger Sorgfalt wendete er der Bibliothek des Domcapitels zu, erbaute auch ein neues Archiv.

Curiosum. „Von der Bedeutung und dem Einflusse des Kometen, welcher im August 1531 sich zeigte, lieferte Johannes Schoner eine umständliche Auslegung (gedruckt zu Würzburg durch Balthasar Müller). Er versicherte, daß dieser feindselige Ankömmling den Menschen und dem Vieh mancherlei Krankheiten bringen werde, derselbe drohe aber vorzüglich denjenigen Städten, welche in ihrem Wappen einen Löwen führen." (Scharold, Würzburger Medicinalwesen S. 64.)

Familiennachrichten.

Vermählungen.

Victor von Baehr, Hauptmann und Compagnie-Chef im 4. ostpreuß. Grenadier-Regt. Nr. 5 und Marie geb. Siewert, den 11. April zu Schönfeld.

Heino von Behr-Hindeberg, und Thecla geb. Freiin zu Inn- und Knyphausen, den 4. April zu Reinstedt.

Eugen von Plankenburg, Hauptmann im 4. Thüring. Inf.-Rgt. Nr. 72, und Marie geb. Petri, am 10. Febr. zu Bad Laubbach.

Berend von Bonin, Lieutenant im neumärk. Dragoner-Regt. Nr. 3, und Bertha geb. v. Briesen, den 2. April zu Hagen.

Julius von Brünken, Hauptmann a. D., und Else geb. Schröder, am 21. März zu Halberstadt.

Oscar von Ernsthausen und Anna geb. v. Kalckstein, den 22. März zu Wogau.

von Flotow, Oberst und Commandeur des 2. Niederschles. Infanterie-Regts. Nr. 47, und Cäcilie geb. Gierche, den 2. April.

B. Freiherr von Friesen, Kgl. Preuß. Rittmeister a. D., und Mary Louisa geb. Gale, den 2. April zu Dresden.

Ernst Graf Harrach, Rittergutsbesitzer auf Klein-Kriechen, und Adele geb. v. Jena, den 5. April zu Halle.

Heinrich Freiherr von Hanwald, Königl. Staatsanwalt, und Mathilde verwittw. v. Schlegel geb. Grothe, den 24. März zu Landsberg a. W.

Oscar van Hayer-Rotenheim, Premier-Lieutenant im 4. Garde-Regt. zu Fuß, und Mary geb. Lorentzen, am 20. März zu Hamburg.

Theobald von Hülst, Königl. Baumeister, und Emmy geb. Strasen, den 12. April zu Dambrowe.

Arthur von Lattorff, Premier-Lieutenant im 7. brandenbg. Infanterie-Rgt. Nr. 66, und Mathilde geb. de Maringh, den 2. April zu Neuwied.

Friedrich Baron van Lichtenberg, und Sylvia geb. von Waldburg, am 5. März zu Agram.

Gustav van Massenbach, Sec.-Lieut. im Litthauischen Draganer-Rgt. Nr. 1, und Margarethe geb. v. Behr, den 5. April zu Schmoldow.

Oscar von Nolte, Hauptmann à la suite des Lauenburgischen Jägerbataillons Nr. 9, und Julie geb. v. Behr, den 2. April zu Schmoldow.

A. von Plaenckner, Oberst z. D. und Bezirks-Commandeur, und Johanna geb. Freiin v. Seckendorff auf Schloß Meuselwitz, den 2. April.

Willi van Salisch, Lieutenant u. Adjutant im Königs-Grenad.-Regt. No. 7, und Bertha geb. Koenig, am 12. März zu Hirschberg.

Heinrich van Schmeling und Mary geb. v. Schmeling, den 11. April zu Schweidnitz.

Oscar Freiherr von Seckendorff, Hauptmann und Comp.-Chef im 1. Oberschles. Inf.-Rgt. Nr. 22, und Mathilde geb. Zipperling (wann?).

H. von Sothen, Hauptmann und Comp.-Chef im Grenadier-Regt. Prinz Carl v. Pr., und Auguste geb. Winkler den 16. April zu Hannover.

Arthur von Spalding, Premier-Lieut. im 5. brandenb. Inf.-Rgt. Nr. 48, und Martha, geb. Freiin v. Falkenhayn zu Berlin den 20. April.

Waldemar von Bethacke, Lieutenant im 3. Thüring. Inf.-Rgt. No. 71, und Sophie geb. Apel, am 20. März zu Hohenebra.

Ernst Eyl, Major im 6. pomm. Inf.-Rgt. Nr. 49, und Elisabeth geb. von Wickede, den 16. April auf dem Amte zu Goldberg in Mecklenburg.

Hans Freiherr von Zedlitz-Leipe, Landrath des Schweidnitzer Kreises, und Helene geb. von Kulmiz, am 4. März zu Conradswaldau.

Todesfälle.

Frau Auguste von Anderten, geb. von Grone-Westerbrak, † den 26. März zu Detmold.

Dr. August von Bassewitz, Oberappellationsgerichtspräsident zu Rostock, † daselbst den 8. März.

Georg Friedrich Oda Freiherr von Bielfeld, K. S. Kammerherr, Oberst z. D., Groß-Comthur &c., † den 4. April zu Teplitz.

Eduard von Blanckenburg, 83 J. alt, † den 7. April zu Zimmerhausen.

Martha van Barcke (einen Tag nach ihrem 20. Geburtstag) † den 23. März zu Greifswald.

Wilhelmine Gräfin van Brühl, Dechantin des freiadeligen Stiftes Wallenstein, 76 J. alt, † den 28. März zu Fulda.

Richard Freiherr van Buddenbrock, † d. 31. März zu Ilten.

Paula, geb. von Carlowitz, Wittwe des am 14. August 1870 gefallenen Prem.-Lieut. von Brandzynski, † den 4. April zu Rogasen.

Georg van Düring aus dem Hause Horneburg, K. Hannov. Generallieut. a. D., 92 J. alt, † den 30. März zu Hannover.

Christoph Berndt von Egidy (Söhnchen des K. S. Hauptmanns Arndt v. E. und Anna geb. Nehchoff van Halberberg), 9 Monate alt, † den 4. April zu Dresden.

Adolf Graf Finck von Finckenstein, Oberst und Commandeur des 6. brandenb. Infant.-Rgts. Nr. 52, Ritter des Eisernen Kreuzes II. Kl., † den 15. April zu Frankfurt a. O.

Leo van François, Sohn des Herrn Hermann v. F. und Auguste geb. v. Bonin, † den 25. März zu Berlin.

Aug. von Garn, Oberstlieut. z. D., † 15. April zu Albrechtsdorf.

Molli Gräfin von Goetzen geb. Maffei, † den 29. März zu Görlitz.

Arthur Grabs von Haugsdorf, Sec.-Lieut. im 2. schles. Husaren-Reg. Nr. 6, † den 4. April zu Fuhlbeck.

Frau Anna von Gräfe, geb. Gräfin Knuth, Wittwe des Geh. Raths Dr. Albrecht v. G., 29 J. alt, † den 22. März zu Nizza.

Verw. Generalin von Harder, geb. von Hochwächter, † den 26. März zu Berlin.

Gustav von Helden-Sarnowski, Kgl. Hauptmann u. Batterie-Chef im Rhein. Feld-Artillerie-Regiment Nr. 8, Ritter des Eisernen Kreuzes, † den 27. März zu Berlin.

Bernhard Freiherr von Hohenhausen-Hochhaus, Kgl. bayr. General der Cavallerie und General-Adjutant des Königs, General-Capitain der Leibgarde u. s. w. 1847 Kriegsminister, am 28. Juni 1788 zu Dachau geboren, † am 25. März in München.

Heinrich Freiherr von Hollen (Gemahl der Freifrau Anna geb. von Hymmern, ältester Sohn des Hofjägermeisters Heinrich Freiherr v. H. und Sophie geb. Lueder), † den 14. April auf Schönweide in Holstein.

Philippine von Homeyer geb. Ladewig, † am Ostersonntage (31. März).

Ernst von Hopffgarten (Söhnchen des Herrn Ernst v. H., Hauptmann im 6. Thüring. Inf.-Regt. Nr. 95 nnd Marie geb. Freiin v. Gleichen-Rußwurm), 5¼ J. alt, † 5. April zu Coburg.

Bibliographie.

Anzeiger für Kunde der dentschen Vorzeit. Organ des germanischen Museums. Neue Folge. 19. Jahrg. 1872. 12 Nummern (2 Bg.) gr. 4. Nürnberg. 2 Thlr.

Beiträge zur Geschichte der Fürstenthümer Waldeck und Pyrmont. Im Namen des Vereins hrsg. von Prorector A. Hahn. III. Bd. 2. Heft. gr. 8. (IV u. S. 199—306.) Arolsen, 1871. 1 Thlr.

Dehio, Dr Geo, Hartwich von Stade, Erzbischof von Hambnrg-Bremen. gr. 8. (122 S.) Göttingen. ⅔ Thlr.

Drivok, P., Aeltere Geschichte der deutschen Reichsstadt Eger und des Reichsgebiets Egerland. In ihren Wechselbeziehungen zu den nachbarlichen deutschen Landen und Böhmen unter Mitbenutzung urkundl. Materials dargestellt. 2. Lief. gr. 8. (S. 65—128.) Leipzig. ¼ Thlr.

Hesse, Hofrath Dr. Lndw. Friedr., Geschichte des Schlosses Mühlberg in Thüringen nnd der davon benannten Grafen. (Aus den Mittheilungen des Vereins f. d. Gesch. n. Alterthumskunde zu Erfurt.) gr. 8. (54 S.) Erfurt, 1871. ⅓ Thlr.

Höfner, Privatdoc. Dr. M. J., Untersuchungen zur Geschichte des Kaisers L. Septimius Severus und seiner Dynastie. I. Bd. I. Abth. gr. 8. (VIII, 105 S.) Giessen. ⅔ Thlr.

Rauchbar, Geh. Rath Joh. Jac. v., Leben und Thaten des Fürsten Georg Friedrich von Waldeck [1620—1692]. Herausg. von Prorector A. Hahn II. Bd. 1. Abth. gr. 8. (III, 176 S.) Arolsen, 1871. 24 Sgr.

Siebmacher's J., grosses und allgemeines Wappenbuch in einer neuen nnd vollständigen u. reich verm. Aufl. mit herald. und historisch-genealog. Erläuterungen neu herausg. von Archiv-Rath v. Mülverstädt, A. M. Hildebrandt, Hauptmann Heyer v. Rosenfeld, Lieut. Gritzner, Gautsch u. A. 94 Lief. gr. 4. (28 S. m. 16 Steintaf.) Nürnberg. Subscript.-Pr. 1 Thlr.

Urkundenbuch, wirtembergisches. Herausg. von dem königl. Staatsarchiv in Stuttgart. III. Bd. hoch 4. (XX, 550 S.) Stuttgart. 1871. 3 Thlr.

Zeitschrift der Gesellschaft für die Geschichte der Herzogthümer Schleswig, Holstein und Lauenburg. II. Band. (Archiv des schlesw.-holstein-lauenb. Gesellschaft f. vaterländ. Gesch. XXIII. Bd. 4. Folge.) gr. 8. (V, 430 S. mit 2 Tabellen in qu. Fol.) Kiel. 2⅔ Thlr.

Vorstehende Werke sind in der Buchhandlung der Herren Mitscher & Röstell in Berlin, Leipzigerstr. Nr. 129, vorräthig und durch dieselbe zu beziehen.

Briefkasten.

Herrn H. W. — Es war mir leider unmöglich, Ihre „Entgegnung" und „Berichtigungen" noch in dieser Nummer unterzubringen, wie ich es gehofft und Ihnen bereits in Aussicht gestellt hatte.

Herrn L. Grf. v. U. — Ihre Abhandlung wird sicher in Nr. 6 abgedruckt.

* Die Vereins-Festschrift zur Eröffnung der Universität Strassburg ist auch in einer kleinen Anzahl separat gedruckt. Preis 12 Sgr. durch die Redaction (gegen Einsendung des Betrages) und den Buchhandel.

* Die Redaction bittet um gütige Einsendung von Geburts-, Vermählungs- und Todesanzeigen (als Brief gedruckt) zur Benützung für unsere „Familien-Nachrichten" und zur demnächstigen Aufbewahrung im Vereinsarchiv.

Die Zusammenstellung der „Familien-Nachrichten" ist sehr zeitraubend, durchaus nicht kurzweilig und jedenfalls eine für den Verfertiger ganz undankbare Arbeit. Wir glauben daher von dem geehrten Leser obige kleine Gegenleistung beanspruchen zu dürfen.

Berichtigung.

Auf Seite 25 (Extrabeilage zu Nr. 3) ist 1. Spalte, 1. Absatz Zeile 9 v. unten, Lastenamt in Kastenamt abzuändern. D. Red.

Redacteur: Gustav Seyler in Berlin, Potsdamer Str. 43a. II. — Commissions-Verlag von Mitscher & Röstell in Berlin. Druck von A. Haack in Berlin.

Familiennachrichten.

Vermählungen.

Georg von Arnim, Hauptmann a. D. und Olga, geb. von Puttkamer, den 1. Mai zu Schlackow.

Magnus Graf von Bernstorff, Hauptmann und Comp.-Chef im Schlesw.-Holst. Füs.-Regt. Nr. 86 und Sophie geb. Hennecke, den 25. April zu Goslar.

Rogalla von Bieberstein, Premierlieutenant und Adjutant im Grenadier-Reg. Nr. 5, und Lucie, geb. Schilke, den 26. April zu Tantschken.

Giesbert von Bonin, Kgl. Regierungsassessor, und Maria geb. Freiin v. Hurter, den 22. April zu Godesberg.

Ernst von Bülow, Regierungsassessor in Wiesbaden, und Bertha geb. v. Bronikowska, den 26. April zu Eisenach.

Ernst von Egidy, Kgl. Sächs. Premierlieut. z. D., und Margarethe geb. v. Alten, den 2. Mai zu Dresden.

G. von Forkenbeck, Hauptmann im Inf.-Reg. Nr 15, und Cäcilie geb. Sträter, den 23. April zu Aachen.

Carl Graf von Garnier-Turawa, und Hedwig geb. v. Blumenthal, den 1. Mai zu Berlin.

Bertram von Heydebreck, Lieutenant im brandenb. Füsilier-Reg. Nr. 35 und Adelheid geb. Ehrenberg, den 1. Mai zu Berlin.

Georg Graf von Holtzendorff, Premierlieutenant im Königl. Sächs. Schützen-Reg. und Attaché der Kgl. Sächs. Gesandtschaft zu Berlin, und Therese geb. von Jordan, den 2. Mai zu Dresden.

Philipp von Kall, Capitain-Lieutenant in der Kais. Marine, und Gertrud geb. v. d. Hagen, den 6. Mai zu Ribbeck.

Franz von Laer, Premierlieutenant im Pomm. Jägerbataillon Nr. 2, und Marie geb. v. Krauthoff, den 1. Mai zu Greifswald.

Alwin von Larisch, Hauptmann und Comp.-Chef im 2. hanseat. Inf.-Regt. Nr. 76, und Mathilde geb. Hallmann, den 6. Mai zu Hamburg.

Frhr. von Lefort, Premierlieutenant im Großh. Mecklenbg. 1. Dragoner-Reg. Nr. 17, und Henriette geb. von Kardorff, den 1. Mai zu Ludwigslust.

Gustav von Lübbers, Hauptmann und Compagnie-Chef im See-Bataillon, und Margaretha geb. Mantius, 13. Mai zu Berlin.

Wilhelm v. Luck, Rittmeister à la suite des Oldenbg. Dragoner-Rgts. Nr. 19, Eskadronchef im 1. Württembg. Ulanen-Reg Nr. 19, und Mathilde geb. Gräfin v. Zeppelin, den 30. April zu Stuttgart.

Maximilian Graf von Lüttichau, Kammerherr im Dienste I. M. der Königin Elisabeth von Preußen, und Claudine geb. Freiin v. Korff, den 23. April zu Dresden.

Maximilian von Manteuffel, und Marie geb. v. Massow, den 30. April zu Remrin.

R. Marschall von Bieberstein, Hauptmann und Comp.-Chef im Großh. Hess. Inf.-Reg. Nr. 118, und Elisabeth geb. von Belzin, den 1. Mai zu Dresden.

Louis von Ostau, Major und etatsmäßiger Stabsoffizier im 1. mecklenbg. Dragoner-Reg. Nr. 17, und Adele geb. von Plotho, den 2. Mai zu Parey.

Bruno von Puttkamer, Premierlieut. im Ostpreuß. Infant.-Reg. Nr. 78, und Lilly geb. Schulte, den 2. Mai zu Lingen.

v. Reckow, Major und Bataillons-Commandeur im 4. Niederschles. Infant.-Reg. Nr. 51, und Caroline geb. Neuendorff, den 13. Mai zu Wiesbaden.

Victor von Roeder, und Henriette geb. v. Hartz (datirt Hohm und Hasselfelde den 30. April).

Hermann Freiherr v. Verschuer, Hauptmann und Comp.-Chef im hess. Füsilier-Reg. Nr. 80, und Mildred geb. Chaunblor-Trigge, den 15. Mai zu Homburg v. d. H.

Georg von Biebahn, Hauptmann und Comp.-Chef im hess. Füsilier-Reg. Nr. 80 und Christine geb. Ankersmit, den 14. Mai zu Amsterdam

Leopold von Winning, Hauptmann und Comp.-Chef im 2. Niederschles. Inf.-Regt. Nr. 47 und Marie geb. von Reichenbach, den 6. Mai zu Bunzlau.

Ferdinand v. Wulffen, Major und Bataillons-Commandeur im 6. Thüring. Infant.-Reg. Nr. 95, und Clara geb. Hauff, den 11. Mai zu Frankfurt a. O.

Todesfälle.

Dr. Hans Freiherr von und zu **Aufsess,** Kgl. Bayr. Kammerherr, Ehren-Präsident des Germanischen National-Museums zu Nürnberg, ordentliches Mitglied der K. Academie der Wissenschaften zu München etc., Ehrenritter des Johanniterordens, † zu Münsterlingen bei Constanz am 6. Mai 1872.

Philipp von Amsberg, Sohn des Großh. Mecklenb. Ober-Appellrathes von A., 12 J. alt, † den 21. April zu Schwerin.

Frau Generaldirektor v. Amsberg, † d. 12. Mai zu Harzburg.

Ferdinand v. Bilfinger, Major a. D., † d. 5. Mai zu Berlin.

Adolf von Bonin, k. preuß. General der Infanterie, General-Adjutant des Kaisers, Präses der General-Ordenscommission, Chef des reitenden Feldjägercorps, sowie des 5. ostpreuß. Infanterie-Reg., geb. den 11. November 1803, † den 16. April zu Berlin.

Frau Oberstlieutenant von Borkowska, geb. von Gentzkow, 73 J. alt, † den 23. April zu Berlin.

Wilhelm von Bötticher, (Sohn des Regierungsraths Heinrich v. B. und Sophie geb. Berg) † den 16. Mai zu Berlin.

Eugen Leo von Brockhausen (Söhnchen des Königl. Regierungsassessors v. B. und Anna geb. v. Klitzow) geb. den 26. März a. c., † den 28. April zu Frankfurt a. O.

Ida von Bucholz, geb. v. Wernsdorff, † den 13. Mai zu Gr. Carpowen.

Adelheid, Gemahlin des Kammerherrn F. von Budberg, geb. Freiin v. Pfister, † den 22. April zu Dresden.

Fräulein Leopoldine von Budtenbrock, † den 17. April zu Potsdam.

v. Corvin-Wiersbitzki, General-Lieutenant a. D., 84 J. alt, † den 1. Mai zu Berlin.

Constantin von Dewitz auf Gienow, Major und Ritterschaftsrath, vorsitzender Director der National-Hypotheken-Credit-Gesellschaft zu Stettin, 57 J. alt, † daselbst den 19. April.

Friedrich Adolph Johann v. Diebitsch, General-Major a. D. der früheren Kgl. Hannov. Armee, Commandeur des Guelphenordens, Ehrenbürger der Städte Northeim und Münden, 82 Jahr alt, † den 1. Mai zu Northeim.

Julius Otto Heinrich von Dieskau, Justizrath, Advocat in Plauen, 75 J. alt, † den 27. April zu Plauen.

Verwittw. Generalin von Gayl, † den 9. Mai zu Erfurt.

Karl von Gottberg (Söhnchen der verw. Frau Thusnelde v. G., geb. v. Selchow), 2¼ J. alt, † den 30. April zu Berlin.

Andreas Freiherr von Großschedel, kgl. bayr. Hauptmann à la suite, Inhaber des Veteranen-Denkzeichens für 1812 und des Militär-Denkzeichens f. 1813 u. 1814, † den 23. April zu München.

Carl Friedrich v. d. Hagen auf Schmiedeberg in der Uckermark, Hauptmann, † den 28. April zu Berlin.

Erich von Hausen, Söhnchen des Herrn Hofkammerrathes v. H. 3 J. alt, † den 20. April zu Martinskirchen.

Siegfried (Söhnchen des Freiherrn Adolf v. Harthausen-Carnitz), 1½ J. alt, † den 23. April zu Altona.

Albert Ludwig von Haza-Radlitz, Herzogl. Anhaltischer Kammerherr und Rittergutsbesitzer auf Lewitz, 74 J. alt, † den 19. April zu Lewitz.

Wilhelmine von Hertig, Stiftsdame, 79 J. alt, den 30. April zu Berlin.

Carl Peter Emil, Graf von Hohenthal, aus dem Hause Döllau, Lieutenant in der Reserve des Garde-Husaren-Regts., attachirt dem auswärtigen Amte des deutschen Reiches, † den 24 April zu Wiesbaden, beigesetzt zu Döllau den 28. April.

Carl von Hugo, Oberappellationsrath, 69 J. alt, † Nachts den 24./25. März zu Celle.

Leopoldine von Katte, geb. v. d. Hagen, verwittw. Generalin, 75 J. alt, † den 8. Mai zu Berlin.

Waldemar von Kitzing, (Söhnchen des Hauptmanns à la suite des 8. Pomm. Inf.-Reg. Nr. 61, v. K. und Emma geb. von Thielau) 5¾ J. alt, † den 1. Mai zu Danzig.

Adelheid Freifrau von Klot-Trautvetter, geb. v. Bülow, † den 13. April zu Wutzig.

Constantin von Knebel-Döberitz, 56 J. alt, † den 3. April zu Mentone.

Karl Graf Kokorzowa, Herr der Fideicommißherrschaft Ludik und Stiedra im Egerer Kreise, früher Mitglied des böhmischen Landtages und des Reichsrathes, 73 J. alt, † den 15. März in Dresden.

Constance von Köppen, geb. v. Müller, † den 5. Mai zu Burg Metternich.

Philippine Gräfin Krockow von Wickerode, geb. Edzardi, 61 J. alt, † den 7. April zu Berlin.

Rudolph Krug v. Nidda, Kgl. Regierungsrath, † d 28. April zu Marienwerder.

Gustav Freiherr von der Lancken-Wakenitz, Rittmeister a. D., † den 8 April zu Boldevitz.

Fräul. Jenny v. d. Lancken, † d. 21. April zu Hermannsburg.

Heinrich von Ledebur, Söhnchen des Herrn Major Freiherrn v. L. zu Spandau, (geb. den 24. März) † 30. März zu Spandau.

Margarethe von Legat, geb. Baum, Gemahlin des Major Theodor v. Legat, 31 J. alt, † den 21. April zu Düsseldorf.

Joseph von Lehmair, kgl. bayr. charakt. Generalmajor a. D., Ritter des Verdienstordens der bayer. Krone und vom h. Michael ꝛc., 82 J. alt, † den 27. April zu München.

Karl v. d. Lühe, (Sohn des Herrn A. v d. L. und M. geb. v. Oertzen) † den 24. April zu Schabow.

Claus von Lühmann (Söhnchen der Frau Clara v. Lühmann, geb. Heydebreck), † den 8. Mai zu Berlin.

Amelie, Freifrau von Lüttwitz, geb. Marquise de Pindré d'Ambelle, † den 31. März zu Paris.

Ludwig Friedrich Wilhelm von Lützow auf Boddin, Großh. Mecklenburg-Schwerin'scher Staatsminister a. D., Ehrenritter des Johanniter-Ordens, 79 J. alt, † den 13. Mai zu Boddin.

Wilhelm von Malachowski, General-Major und Commandeur der 21. Infanterie-Brigade, † den 4. April zu Breslau.

Ludwig Freiherr von und zu Mannsbach, Dompropst des Hochstifts Naumburg, fürstl. Reuß'scher Kanzler und Reg.-Präsident a. D., Ehrenritter des Johanniter-Ordens, 78 J. alt, † den 24. März zu Naumburg.

Amelie, Gräfin Marschall, geb. von Mellisch, Ehrendame des Königl. Bayr. Theresien-Ordens, † den 18. April zu Dresden.

Georg Ludwig von Maurer, K. Bayr. Staatsrath und Reichsrath, Mitglied der Akademie der Wissenschaften zu München, 82 J. alt, † den 9. Mai zu München.

Ferdinand von Mengersen (Söhnchen der Frau Louise v. M., geb. Götz v. Olenhusen) † den 6. Mai zu Uslar.

Dr. Hugo von Mohl, berühmter Botaniker, ordentl. Professor an der naturwissenschaftlichen Facultät zu Tübingen, der dritte der vier Brüder Mohl, 71 J. alt, † daselbst in der Nacht zum 1. April.

Leopold von Neuhaus, Oberst-Lieut. a. D., Ritter des Eisernen Kreuzes 1. Klasse ꝛc., 88. J. alt, † d. 26. März zu Liegnitz.

Dr. von Olfers, Kgl. preuß. wirkl. Geheimrath, gewesener Generaldirektor der Kgl. Museen, 78 J. alt, † den 24. April zu Berlin.

Ludwig von Oppen, Rittergutsbesitzer zu Barby, 86 J. alt, † den 3. April zu Barby.

Jos. von Paczynski-Tenczyn, Artillerie-Major a. D., † den 25. März zu Berlin.

Sophie Gräfin v. d. Pahlen, geb. Gräfin v. Medem, 73 J. alt, † den 9. April zu Wiesbaden.

Theodor von Petersdorff auf Buddendorf, Rittergutsbesitzer, † daselbst den 13. April.

Fräul. Emilie von Platen, Conventualin des adeligen Fräuleinstiftes zu Bergen, 75 J. alt, † den 28. März zu Gurtitz, Insel Rügen.

Auguste v. Plänkner, verw. Obristin, † 1. Mai zu Gotha.

Wilhelmine von Plüskow, geb. v. Wizleben, Obersthofmeisterin Ihrer Maj. der Königin Wittwe von Griechenland, † den 7. April zu Bamberg.

Cäcilie von Podewils, 67 J. alt, † 27. März zu Stargard.

Hans von Busch (jüngster Sohn des Kgl. Landraths v. B. und Louny geb. v. Rampy), 1 Jahr alt, † den 23. April zu Marienwerder.

Margarethe zu Putlitz, Stiftsfräulein des adeligen Fräuleinstiftes zu Marienfließ an der Stepnitz (Tochter des Herrn Generalmajors z. D., Gans Edler zu Putlitz und Bernharde, geb. von Maltitz), † den 4. April zu Kottbus.

Alexander Freiherr von Puttkamer, † 29. April zu Stolp.

Albrecht Wilhelm von Quast auf Bichel, Ritterschaftsrath und Kreis-Deputirter, Ehrenritter des Johanniter-Ordens und Ritter des rothen Adlerordens, 59 J. alt, † den 15. April auf Bichel im Kreise Ruppin.

Ludwig von Randow, Canonicus des Stiftes U. L. Fr. zu Halberstadt, 87 J. alt, † den 4. April zu Reichenbach i. Schl.

Georg von Raumer, Prem.-Lieutenant und Reg.-Adjutant im 2. Niederschles. Inf.-Regiment Nr. 47, Ritter des Eisernen Kreuzes II. Klasse und des Kgl. bayr. Militair-Verdienstordens II. Kl., † den 20. April zu Straßburg.

Elisabeth de Rége, Majorswittwe, verwittwet gewesene Präsident Fischer, geb. Baubitz, (Wittwe des Gründers der Familienstiftung Lubosin-Brzystanki), 83 J. alt, † 12. April zu Liegnitz.

Karl Freiherr Reichlin von Meldegg, Kgl. bayr. pens. Oberst Ritter des Verdienstordens vom heil. Michael I. Klasse ꝛc., † den 11. April zu München.

Otto von Reinersdorff-Paczensky-Tenczin auf Ober-Stradam bei Polnisch-Wartenberg, Rittmeister a. D. und Majoratsherr, Mitglied des Herrenhauses, Ehrenritter des Johanniter-Ordens, † den 5. Mai zu Ober-Stradam.

Friedrich Graf v. Richthofen, 67 J. alt, † den 13. April zu Gnadenfrei.

Bertha von Röder, † den 24. April zu Berlin.

Marie von Kostken, geb. Jantzer, Oberstlieutenants-Wittwe, † den 19. April zu Stolp.

Karl Freiherr von Sainte-Marie-Eglise, kgl. bayr. penf. Landrichter, 69 J. alt, † den 12. Mai zu München.

Julius Benno von Saldern-Leppin, Königl. Kammerherr, † den 13. April zu Berlin.

Eckard von Scheffer, stud. theol., 23 J. alt, † den 27. März zu Wernigerode.

v. Scheurlen, der württemb. Minister des Innern, † den 1. April zu Stuttgart.

Emilie von Schmidt, Stiftsdame, † den 27. April zu Charlottenburg.

Leontine Freifrau von Schönprunn, geb. Freiin v. Pflummern, † den 15. April zu Neustadt a. Aisch (Mittelfranken).

Carl Graf von Schwerin, Major a. D., † den 11. April zu Königsberg.

Maximilian Graf von Schwerin-Putzar, Kgl. Staatsminister a. D., 67 J. 4 M. alt, † den 3. Mai zu Potsdam.

Elsbeth (Töchterchen der geb. und verw. Frau Gräfin Hildegard v. Schwerin) 2¾ J. alt, † den 9. Mai zu Berlin.

v. Sigel, ! württemb. Staatsrath, lebenslängl. Mitglied der Kammer der Standesherren, 1808 zu Schorndorf geboren, † den 23. April zu Stuttgart.

v. Sperling, Kgl. Preuß. General-Major, † in Folge der Leiden, welche er sich im Feldzuge zugezogen hatte, den 1. Mai zu Dresden.

Frau Maria von Stetten, geb. John, † den 26. April zu Augsburg.

Friedrich von Stiehle, General-Lieutenant a. D., 82 J. alt, † den 6. Mai zu Berlin.

Hermann Ludwig Ulrich Dominikus von Sudow, General-Major a. D., Ehrenritter des Joh.-Ordens, 80 J. alt, † den 3. April zu Erfurt.

Philippine von Thümen, geb. von Zschock, verw. Generalin, † den 28. April zu Caputh.

Georg Ernst Freiherr von Thümmler auf Selker, 54. J. alt, † den 29. März zu Selker.

Fräulein Auguste von Tiedemann-Brandis, 63 J. alt, † den 23. April zu Berlin.

Franz von Trotha, genannt v. Treyden, Rittmeister a. D., Post-Director in Braunsberg, Ritter ꝛc., † den 5. Mai.

Julie v. Tschirschky, geb. v. Unruhe, 86 J. alt, † den 27. April zu Berlin.

Eberhard Graf von Bitzthum, (Söhnchen des Kammerherrn Graf B.), 4½ Monate alt, † den 28. April zu Berlin.

Ludwig Bernhard Friedrich von Bolz, K. bayr. Staatsrath a. D., früherer Staatsminister des Innern, im 81. Lebensjahre, † den 26. März zu München.

Elisabeth von Wahl, geb. Freiin v. Krüdener, 67 J. alt, † den 12. April zu Heidelberg.

Freiherr von Waldbott-Bassenheim-Bornheim, Director der rheinischen Provinzial-Feuer-Societät und Landtagsmarschall, Kammerherr der Kaiserin-Königin, Schloßhauptmann ꝛc., Mitglied der rheinischen Ritterschaft, 68 J. alt, † den 25. April zu Koblenz.

v. Walther-Croneck, Kgl. Oberst-Lieutenant, Senior des Eisernen Kreuzes, 82 J. alt, † den 1. Mai zu Kapatschütz.

Frau Agnes von Wedell, geb. v. Bülow, † den 3. April zu Tannenberg.

Thilo von Werthern, 5 J. altes Söhnchen des Freiherrn Ludwig von Werthern und Elisabeth geb. von Lilienfeld, † den 22. März zu Klein-Werther.

Die verw. Frau Obristlieut. von Westernhagen, † den 30. März zu Gotha.

Wilhelmine von Wickede, 83 Jahre alt, † den 5. Mai zu Dargun.

Rosalie, Gemahlin des Herrn Anton von Witlowski, geb. von Bartholomäi aus dem Hause derer von Roziküll auf Oesel, † den 19. April zu Berlin.

Frau Dorothea von Wolff, geb. Gräfin von Hardenberg, † den 25. März zu Frankfurt a. O.

Max von Woyna, Lieutenant im 4. Garde-Reg. zu Fuß, 23 J. alt, † den 9. April zu Mainz (so die Anzeige der Verwandten, das Officiercorps zu Spandau giebt den 8. April als Todestag an.)

Theodor von Wurmb, Oberforstmeister, Ritter des rothen Adlerordens III. Klasse, † den 26. April zu Oppeln.

Anna von Buthenau, Stiftsdame des Gisela-Agnes-Stiftes zu Köthen, † den 3. Mai zu Köthen.

Friedrich Ritter von Zeutner, K. bayrischer Kämmerer und Oberstlieutenant a. D., † den 2. April zu Cannstatt. Ein Sohn des K. bayr. Generallieutenants v. Z. und dessen Gemahlin, einer geb. Gräfin Topor v. Morawitzky. 1809 in Bayern geboren, trat er schon mit dem 9. Jahre in das K. Kadettencorps in München ein, wurde 1821 Lieutenant und rückte in der militärischen Laufbahn bis zum Oberstlieutenant auf. Als solcher, und zwar als Platzofficier der Festung Landau, verließ er den Dienst 1869, worauf er sich bis an sein Ende in Canstatt aufhielt. v. Z. war ein Mann von vielseitiger Bildung. Seine Kenntnisse auf den militärischen, wie auf den technischen und anderen Gebieten verdankte er mit seinen Reisen im Morgen- wie im Abendlande, sowie seinem langjährigen Aufenthalte in Griechenland, wohin ihn 1833 der ausdrückliche Wunsch der Könige Ludwig I. von Bayern und Otto von Griechenland berufen hatte. Dort wirkte er insbesondere von 1833 bis 1843 als Ingenieurhauptmann und als Gründer und Leiter der polytechnischen Schulen zu Athen und Patras. Eine Frucht seines Aufenthaltes und Wirkens auf dem klassischen Boden Griechenlands war die Schrift: „Gesammelte Notizen über die Industrie und Landwirthschaft im Königreich Griechenland. Mannheim, in Commission bei J. Löffler." Außer 6 Orden besaß er die große goldene Medaille für Wissenschaft, welche ihm König Oscar von Schweden verliehen hatte.

August Otto von Zitzewitz, Premierlieutenant des Stolper Invalidenhauses, (Vater), 68 J. alt, † den 10. April zu Stolp, und Fräulein Sally von Zitzewitz, (Tochter), 25 J alt, † den 13. April zu Stolp, und Rosa von Zitzewitz, geb. von Swidersta, (Mutter), 57 J. alt, † den 14 April zu Stolp.

Bibliographie.

Alten, Friedr. v., Aus Tischbein's Leben und Briefwechsel mit Amalia Herzogin zu Sachsen-Weimar, Friedrich II., Herzog zu Sachsen-Gotha etc. gr. 8. (XII, 330 S.) Leipzig. 1½ Thlr.

Annalen des Vereins für nassauische Alterthumskunde und Geschichtsforschung. V. Bd. 2. Heft. 1871. Mit 4 (lith.) Tafeln (in gr. 8., gr. 4. und Fol.). gr. 8. (III, 89 S.) Wiesbaden. ⅔ Thlr.

——— dass. XI. Bd. 1871. 4. (IX, 387 S.) Ebendaselbst. 2 Thlr.

Archiv f. österr. Geschichte. Herausg. von der zur Pflege vaterländ. Geschichte aufgestellten Commission der kaiserl. Academie der Wissenschaften. 47. Bd. 2. Hälfte. gr. 8. (V n. S. 266—527.) Wien, 1871. 28 Sgr.

Blätter für Münzfreunde. Beilage zum numism. Verkehr. Red.: C. G. Thieme. VIII. Jahrg. 1872. 4 Nummern (B.). Mit Steintaf. u. Beilagen. gr. 4. Leipzig. 1⅓ Thlr.

Geschichtsblätter f. Stadt und Land Magdeburg. Mittheilungen d. Vereins f. Geschichte u. Alterthumskunde d. Herzogth. n. Erzstiftes Magdeburg. Herausg. im Namen des Vereins von Dr. F. Griesheim. VII. Jahrg 1872. 4 Hefte. gr. 8. (1. Heft 128 S.) Magdeburg. 2 Thlr.

Hibler, Prof. Dr. Franz, analecta Warmiensa. Studien zur Geschichte der ermländ. Archive und Bibliotheken. gr. 8. (173 S.) Braunsberg. 1 Thlr.

Kaiser, Die deutschen, und ihre Wappen. Chromolith. Imp.-Fol. Frankfurt a. M. 1½ Thlr.

Kroschel, Gymn.-Dir. Dr. J. S., Die Seelgeräthsbriefe des Grafen Heinrich XVII. von Schwarzburg vom 6. und 7. Januar 1369. Mit einem Vorwort. gr. 4. (35 S.) Arnstadt. 10 Sgr.

Siebmacher's J., grosses und allgemeines Wappenbuch etc. 95 Lief. gr. 4. (16 S. m. 18 Steintaf.) Nürnberg. Subscript.-Pr. 1 Thlr. 18 Sgr.

Stillfried, Geh. Rath Dr. R., Graf, Die Attribute des neuen deutschen Reiches. Abgebildet, beschrieben und erläutert. Mit 16 (lith.) Tafeln Abbildungen. hoch 4. (29 S.) Berlin. 1 Thlr.

Urkunden n. Actenstücke zur Geschichte d. Kurfürsten Friedrich Wilhelm von Brandenburg. VI. Bd. Lex.-8. Berlin. 4½ Thlr.

Urkundenbuch zur Geschichte der Herzöge v. Braunschweig und Lüneburg und ihrer Lande, gesammelt und hrsg. von Archiv-R. Dr. H. Sudendorf. VII Thl. vom Jahre 1390 bis zum Jahre 1394. gr. 4. (CXXVII, 331 S.) Hannover. 4 Thlr.

Urkundenbuch des historischen Vereins für Niedersachsen. 8. Hft. Auch unter d. Titel: Urkundenbuch der Stadt Lüneburg bis zum Jahre 1369, bearb. von Dir. Dr. W. F. Volger, hrsg. vom histor. Vereine f. Niedersachsen. gr. 8. (VIII, 449 S.) Hannover. 2 Thlr.

Zeitschrift f. die Geschichte u. Alterthumskunde Ermlands. Im Namen des histor. Vereins für Ermland, hrsg. vom Domherrn Dr. A. Thiel. 14. Heft (Jahrg. 1871, V. Bd., 2. Heft.) Mit: Monumenta historiae Warmiensis. 14. Heft. Leipzig. Subscr.-Preis à Heft 1 Thlr. Einzelne Bde. 3 Thlr.
Inhalt: 14. Hft. (II u. S. 232—493) u Monumenta. 1. Abtheilung. Codex diplomaticus Warmiensis, oder Regesten und Urkunden zur Geschichte Ermlands. Gesammelt und im Namen d. histor. Vereins für Ermland hrsg. von Dr. C. P. Woelky. (III. Bd. S. 161—344 ...

Vorstehende Werke sind in der Buchhandlung der Herren Mitscher & Röstell in Berlin, Leipzigerstr. Nr. 129, vorräthig und durch dieselbe zu beziehen.

Cataloge.

Nr. 109. Antiq. Catalog der C. Beck'schen Buchhandlung in Nördlingen. Auswahl aus allen Fächern. Incunabeln, Manuscripte. Nördlingen 1872.

Catalog von 3823 Nummern, darunter höchst wichtige und seltene Piecen; das Beck'sche Antiquariat excellirt durch seinen Vorrath von Manuscripten, von welchen wir auch hier mehrere Seiten angefüllt sehen; z. B. ein Wappen- und Geschlechtsbuch der Nürnbergischen Reichsschultheißen 1642 (18 fl.); ein Nürnberger Geschlechter-Buch aus dem Ende des 17. Jahrhunderts (2 fl. 48 kr.).

Siebmacher's W.-B., Ausg. von 1605, ist durch einen Druckfehler mit 2 fl. statt mit 12 fl. angesetzt.

Nr. 233. K. F. Köhler's in Leipzig antiquarische Anzeigehefte. 1872. Geschichte und ihre Hülfswissenschaften. Enth. die hinterlassene Bibliothek des Herrn Dr. Andreas von Meiller, Vicedirector des K. K. geh. Hof- und Staats-Archivs in Wien.

Ein sehr reichhaltiger Catalog von 2075 Nummern, welcher selbstverständlich sehr viele seltene Austriaca, aber auch gesuchte deutsche Werke enthält. Unsere Wissenschaften sind stark vertreten.

Die sehr seltene Ordensgeschichte von Helyot 14 Thlr.; verschiedene Schriften von Lisch; Siebmacher-Fürst 1657, 12½ Thlr.; Spangenberg Adelsspiegel, 12 Thlr.; Wißgrill 1—4 Bd., 8 Thlr.; Wurmbrand collect. 2⅔ Thlr. ꝛc.

Verzeichniß von Werken aus dem Gesammtgebiete der deutschen Geschichte, Sprache und Literatur, sowie der deutschen Alterthümer aus dem Nachlasse des Herrn Directors Dr. Fr. Wiggert in Magdeburg, welche zu den beigesetzten Preisen von List und Francke in Leipzig zu beziehen sind. Antiqu. Verzeichniß Nr. 79. Leipzig, 1872.

Briefkasten.

* Die nächste Nummer des Herold erscheint Anfangs August.

Unbekannt in München. — Herzlichen Dank auf diesem Wege, da ich Ihren Namen nicht kenne, für die willkommene Kreuzbandsendung.

Herrn G. S. in J. — Mein Grundsatz ist derselbe, den ein edler Mann, der längst der Ewigkeit angehört, mit folgenden Worten ausgedrückt hat: „Es ist leicht, Etwas zu übersehen, anständig, es zu bekennen, und sehr unrecht, darüber verdrießlich zu sein, oder sich gar die Galle steigen zu lassen, wenn das Uebersehen, jedoch ohne Bitterkeit, vorgehalten wird. Fehlen ist menschlich; ich habe mich stets, auch ohne Erinnerung beeifert, dasselbe zu verbessern." Der Urheber dieser Worte ist der Historiker Oesterreicher, der für das Fürstenthum Bamberg dasselbe in weit höherem Grade war, was C. H. v. Lang für ganz Bayern.

Inserate.

Am 2. Juni, Abends 6¾ Uhr, hat mich meine liebe Frau durch die Geburt eines kräftigen Knaben erfreut.

Diese Anzeige meinen werthen Freunden und Bekannten statt jeder besonderen Meldung. **Max Gritzner,** Lieutenant a. D.

v. Behr, Genealogie, zweite Auflage,

vollständig.

Soeben ist erschienen und durch alle Sortimentsbuchhandlungen zu beziehen:

Genealogie

der in Europa

regierenden Fürstenhäuser

von

Dr. Kamill von Behr.

Zweite verbesserte und vermehrte Auflage.

Gross Quart cartonn. 24 Thlr.

Textwerk apart 16 Thlr. — Wappenbuch apart 8 Thlr.

Verlag von Bernhard Tauchnitz.

Für Siegel-Sammler.

100 Stück adelige Wappensiegel, genau bestimmt, für 1 Thaler oder 1 fl. 70 Kr. ö. W. — Gegen Franko-Einsendung jederzeit zu beziehen.

Da eine sehr bedeutende, nach vielen Tausenden zählende Sammlung vorhanden, werden Wünsche betreffs einzelner Familien nach Thunlichkeit berücksichtigt werden.

Man wolle sich wenden an **Alfred Greuser,** z. Z. Schatzmeister des herald. Vereins, Wien, V. Bezirk, Johannagasse 2.

Wichtiges numism. Verzeichniss. **Schllekeysen's Bibliothek** — ausgegeben von **J. A. Stargardt,** Berlin, Jägerstr. 53.

Von der **C. H. Beck'schen Buch- und Antiquariatshandlung in Nördlingen** wurde soeben ausgegeben:

Antiquarischer Catalog Nr. 109,

enthaltend eine reichhaltige Auswahl von Werken aus allen Gebieten der Literatur, worunter auch besonders die **Geschichte** und deren **Hülfswissenschaften** vertreten sind, ferner eine reiche Anzahl von Incunabeln und Manuscripten auf Pergament und Papier. Der Catalog enthält über 3800 Nummern.

Gegen Einsendung einer Groschenmarke wird dieser Catalog franco per Post den Herren Literaturfreunden zugesandt von der **C. H. Beck'schen Buchhandlung in Nördlingen.**

*** Bedeutende Preisherabsetzung. ***

Von jetzt ab bis auf Widerruf liefern wir:

Prof. Dr. H. Kneschke's

Allgemeines Deutsches Adels-Lexicon

9 Bände à Band 40 Bogen) Lex.-Format.

Brochirt (Ladenpreis 48 Thlr.) **für nur 20 Thlr.** In 9 eleg. Leinwandbänden mit Rücken- und Deckelvergoldung für 24 Thlr.

Einzelne Bände (soweit der Ueberschuss reicht) à 3 Thlr.

*** Ein Prachtexemplar auf starkem Velinpapier. 9 Bände. Broch. (statt 60 Thlr.) für 27 Thlr.

Die Gediegenheit und Genauigkeit dieses Werkes hat die Kritik allgemein anerkannt und bürgt gewiss ebenso der Name des verdienstvollen Verfassers hiefür.

Zu diesen billigen Preisen durch jede Buchhandlung zu beziehen.

Fr. Voigt's Buchhandlung in Leipzig.

Redacteur: Gustav Seyler in Berlin, Potsdamer Str. 43a. II. — Commissions-Verlag von Mitscher & Röstell in Berlin. Druck von A. Haack in Berlin.

Kleine Chronik.

Erhebung in den Adelstand. Seine Majestät der König von Preußen haben Sich allergnädigst bewogen gefunden:

Den Rittmeister und Escadronschef im 2. Garde-Dragoner-Regiment Carl Gottfried Rudolph John (publ. d. 26. Juni 1872); und

den Rittmeister im Westfäl. Ulanen-Reg. Nr. 5, Adjutant der 19. Division Carl Wilhelm Ernst Eggeling (publ. d. 21 Aug.) in den Adelstand zu erheben.

Familien-Nachrichten.

Eine achtwöchige Abwesenheit des Redacteurs von Berlin ist die Ursache, warum die genealogischen Veränderungen aus dem Zeitraume bis zum 15. August in dieser Nummer nicht erschöpfend mitgetheilt werden konnten. Alle sich ergebenden Ergänzungen wird die nächste Nummer, welche am 10. Oct. ausgegeben wird, bringen.

Bei dieser Gelegenheit wollte ich es nicht versäumen, derjenigen Freunde dieser Zeitschrift, welche dieser Spalte ihre fortdauernde Mitwirkung zuwenden, dankend und rühmend zu gedenken.

Es sind dies unsere verehrten Mitglieder, der Herr Baron von Beaufort-Belforte in Breslau (welcher die Mittheilung der Familien-Nachrichten in Anregung brachte); Herr Hauptmann Kindler in Straßburg und Herr Freiherr von Reitzenstein auf Reuth; außerdem ein uns unbekannter Herr in München, welcher nebenbei unser Archiv durch Uebersendung der Original-Traueranzeigen bereichert.

Würde es uns noch gelingen, ein Württemberger Mitglied zur regelmäßigen Mitwirkung zu gewinnen, so dürften unsere Mittheilungen bald der erwünschten Vollständigkeit nahe kommen.

Wir wollten diese Sache den verehrten Lesern wiederholt zur geneigten Berücksichtigung empfehlen, und auf die Nützlichkeit dieser Nachrichten, welche sich in größerem Maßstabe nach einigen Jahrzehnten ergeben wird, neuerdings hinweisen.   Die Red.

Vermählungen.

Conrad von Arnim, Lieutenant im Magdeburgischen Husaren-Regt. Nr. 10, und Catharina von Krosigl, d. 1. Juli zu Schönebeck.

Nicolaus Graf von Baudissin, Kgl. Landrath, und Else geb. von der Osten, den 15. Mai zu Schievelbein.

Hugo von Böcl, kgl. Finanz-Rechnungscommissär zu Ansbach, und Therese Käs, Oekonomentochter von Kempten; im Juni.

Paul von Borcke, und Agnes von Geibler, den 28. Juni zu Stargard i. Pommern.

Johannes Teßmer, Prediger, und Olga von Borcke, den 16. Juli zu Potsdam.

Dr. Rudolf von Borries, Landrath des Kreises Herford, und Bertha Garlichs, Brooklyn, New-York; im Juni.

Henke, Major im 7. thüring. Inf.-Regt. Nr. 96, und Caroline geb. Freiin von Brandenstein, den 9. Juni zu Hayn.

von Brase, Gutsbesitzer, und Marie geb. Breiter, d. 8. Mai zu Breslau.

Ferdinand von Bredow, Rittmeister a. D., und Hulda Scheffler, den 27. Juni zu Berlin.

Waldemar von Britzke, Lieutenant im 1. pomm. Ulanen-Reg. Nr. 4, und Elisabeth geb. Khün, den 11. Juni zu Pretzsch.

D. von Bülow-Gorow, Großherz. Mecklenbg. Rittergutsbesitzer und K. K. Rittmeister a. D., und G. geb. von Alten, den 12. Juni zu Berlin.

Richard von Busse, Lieut. im 2. Mecklenb. Dragoner-Regt. Nr. 18, und Ella von Rathenow, den 1. Juli zu Berlin.

Friedrich Graf zu Dohna-Lauck, und Caroline geb. von Saldern-Ahlimb, den 16. Mai zu Berlin.

Conrad Johannes Graf von Dyhrn, und Cornelia Tilanus van der Hoy, den 4. Juli zu Haag in Holland.

Ernst Freiherr von Eyß, Premierlieut. in der 8. Artilleriebrigade, und Charlotte geb. Beyerbach, den 16. Mai (Koblenz und Frankfurt a. M.)

Max von Geldern, Eisenbahnbaumeister, und Mathilde geb. von Wedell, den 28. Mai zu Jessen.

Alfons Girodz von Gaudi, Generalmajor und Commandeur der 20 Inf.-Brigade und Marie Scheibel, d. 18. Juni zu Kiel.

Leo Freiherr von der Goltz, Lieutenant im 15. Infant.-Reg., und Augusta Bozy, den 6. Juli zu Bielefeld.

Dr. von Gruber und Marie Püschel, den 13. Juli zu Biebrich am Rhein.

Hellmuth Graf von Hardenberg, Premierlieut. im 1. Brandenb. Dragoner-Reg. Nr. 2 und Olga geb. v. Wedell, den 20. Mai zu Zernikow.

Wichart von Heyden, und Marie geb. Gräfin von Schwerin, den 27. Mai zu Berlin.

Otto Freiherr von Hirschberg, Rittergutsbesitzer auf Weihersberg, und Theodora geb. von Germer, den 2. Mai.

Willy Graf von Kanitz und Asta von Kunheim, den 6. Juli zu Stollen.

Ernst von Kehler, Premierlieut. im Hess. Füsilier-Regt. Nr. 86, und Sophie geb. von Beulwitz, den 26. Mai zu Weimar.

Heinrich Graf von Keyserling-Rautenburg, Kais. deutscher Gesandter, und Marie geb. Gräfin Antrep-Elmpt, den 8. Juni zu Berlin.

Georg von Kortzfleisch, Lieut. im Hannov. Füsil.-Reg. Nr. 73, und Therese von Livonius, den 16. Juli zu Reichenau in Ostpr.

Gustav von der Lancken, Hauptmann im 7. Westphäl. Inf.-Regt. Nr. 56, und Julie geb. von der Lancken, den 28. Juni zu Lancken auf Rügen.

Gutsbesitzer Baron von Lynker, und Clara geb. Henschke, den 8. Mai zu Breslau.

Carl von Nadal, Prem.-Lieut. im Anhalt. Inf.-Regt. Nr. 93, und Immy geb. Brumme, den 6. Juni zu Bernburg.

Oscar von Meibom, Kgl. Oberförster, und Sophie Freiin Gremp von Freudenstein, den 29. Juli zu Krofdorf.

Oscar von Moers, Premierlieut., und Emilie geb. Oettinger, am 10. Juli zu . . . (Bayern).

Camillus von der Osten, und Marie von Zitzewitz, d. 19. Juli zu Budow.

Richard Freiherr von Patow, Gerichtsassessor, und Louise geb. Krüger-Velthusen, den 15. Mai zu Frankfurt a. O.

Johann Baptist Lex, geprüfter Apotheker und Materialienhändler in Lohr (Bayern), und Karoline Freiin von Pechmann, Forstmeisterstochter von Ansbach, im Juli.

Georg von Perbrandt, Lieutenant und Adjutant des 4. Garde-Rgts. zu Fuß, und Margaretha v. Schätzell, d. 3. Juni zu Spandau.

Max von Platen, Premierlieut. im 26. Inf.-Regt. und Adjutant beim Gouvernement in Rastatt, und Gusta Braun, den 4. Juli zu Berlin.

Georg von Ponickau und Anna geb. Freiin Oppen von Huldenberg, den 21. Mai zu Dresden.

Hans von Rohrscheidt, Premier-Lieut. und Clara Fretzdorf, im Juli zu Berlin.

Franz Stotten, Hauptmann und Lehrer an der Kriegsschule zu Metz, und Pauline Alfrede geb. Gräfin Salm-Hoogstraeten, den 16. Mai zu Haus Heidelust bei Wesel.

Rudolf von Sanden, Premier-Lieut. im 1. Magdeb. Infant.-Reg. Nr. 26, und Alma geb. v. Haenel, d. 23. Mai zu Magdeburg.

Adolph von Scheve, Prem.-Lieut. im 4. Oberschlef. Infant.-Regt. Nr. 63, und Valerie von Roberti, d. 29. Mai zu Raschkowitz.

Bruhn, Hauptmann im Ingenieur-Corps, und Adelheid verw. von Scheve, geb. Gräfin Rittberg, den 6. Juli zu Proschlitz.

Conrad von Schickfuß, Oberstlientenant und Commandeur des Cadettenhauses zu Culm, und Katharina geb. Krüger, d. 16. Mai zu Oberhof.

Freiherr von Schleinitz, Hauptmann u. Comp.-Chef im 1. Hess. Inf.-Reg. Nr. 81. u. . . . geb. Loth, den 24. Juli zu Berlin.

Rudolf von Schmitz und Emilie von Pöppinghausen, den 4. August zu Soest.

Ernst von Schönfeldt, Hauptmann im 3. hannöv. Infant.-Reg. Nr. 79 und Elisabeth geb. v. Boltenstern, den 5. Juni zu St. Dié des Vosges.

August von Schroeder, Hauptmann und Comp.-Chef im 5. pommer. Inf.-Regt. Nr. 42, und Elisabeth geb. von Detinger, den 10. Juni zu Gera.

Carl von Schwartz, Pastor coll. zu Holzminden, und Marie Schinde, den 16. Juli zu Rhoden am Fallstein.

Dr. jur. von Schweinitz, und Clara von Rosenberg-Lipinski, den 18. Juli zu Gutwohne bei Oels in Schlesien.

Ernst Freiherr von Seherr-Thoß I., Lieutenant im Leib-Küraffier-Reg. Nr. 1, und Lucie von Portatius, den 3. Juni zu Schloß Schwarzwaldau.

Hugo von Spalding, Lieut. im Brandenburg. Küraff.-Regt. Nr. 6 und Wally geb. von Böhlendorff-Kölpin, den 20. Mai zu Lüderitz (Altmark).

Leo Graf von Sparr und Anna geb. Dennstädt, den 25. Mai zu Berlin.

Waldemar von Spiegel, Premier-Lieut. im Altmärk. Ulanen-Regt. Nr. 16, und Leontine geb. von Heyd.brandt und d. Lasa, den 23. Mai zu Raffadel.

Julius Hiltrop, Berg-Assessor, und Adele geb. von Sydow, den 23. Mai zu Dortmund.

Franz Freiherr von Tautphöus, Lieutenant im 2. Chevauxl.-Reg. und Emmy, geb Freiin v. Kreß, d. 25. Juni zu München.

Carl von Tiedemann und Marie von Putkamer, d. 1. Juli zu Lab-hn in Pommern.

Leo von Treitschke, Hauptmann und Adjutant Sr. Königl. Hoheit des Kronprinzen von Sachsen, und Elise Kraft, den 6. Juli zu Ober-Rabenstein.

Franz Graf von Waldersee, Corvetten-Capitän und Helene geb. Freiin v. Wilamowitz-Moellendorf, d. 28. Mai zu Meesendorf.

Arthur von Wiese-Kayserswaldau und Marie von Beffel, den 10. Juli zu Ratibor.

Hugo Moritz, Bürgermeister, und Elisabethe geb. von Winterfeld, den 22. Mai zu Wetzlar.

Joseph von Wittgenstein, Advocat, und Mathilde geb. Johannsen, den 16. Juli zu Berlin.

Freiherr von Wolzogen, Premier-Lieut. und Adjutant des 3. westfäl. Inf.-Reg. Nr. 16, und geb. von Below, den 29. Mai zu Nebbentin.

Wendt, Geh. Regierungs-Rath, und Anna von Woringen, den 6. Aug. zu Berlin.

Bruno von Zedtwitz, Oberst z. D., und Helene, geb. v. Hake, den 1. Juni zu Dresden.

Alphons von Zezschwitz, Hauptmann und Compagnie-Chef im 2. Sächsischen Jäger-Bataillon Nr. 13, und Anna verwittw. Bartsch, geb. von Toll, den 10. Juli zu Dresden.

Anton von Ziegesar, Lieut. im Magdeb. Kür.-Regt. Nr. 7, und Ida geb. von Muschwitz, den 15. Mai (zu Coburg?).

Todesfälle.

Mathilde von Abenbroth, geb. Weber, † den 25. Juli zu Köffern.

Vincenz von Achner, Kgl. Bayr. Generalmajor in Pension, ausgezeichneter Artillerie-Offizier, 1803 in Dienst getreten, † den 24. Juni in München.

Franziska Freifrau von Aretin, geb. Gräfin Drechsel, K. bayr. Kämmerers- und Landrichters-Wittwe, † den 16. Aug. im 69sten Lebensjahre zu München.

Heinrich Sixt von Arnim, Oberstlieutenant a. D., † den 28. Mai zu Koburg.

Elisabeth von Arnim, geb. Bestehorn, † 8. Juli zu Potsdam.

J. F. von Bach, † den 9. Juli in Misdroi.

Marie von Ballused, geb. Salzmann, Gemahlin des Majors v. B., im Niederschles. Feld-Art.-Rgt. Nr. 5, † den 12. Juli in Breslau.

Tosta von Barbu (10 Wochen alte Tochter von Lothar v. B. und Emma geb. von Funcke), † 18. Juli zu Groß-Geßwitz.

Fräulein Eveline von Bardeleben, Oberin des Magdalenen-stiftes und Dame des Luisen-Ordens, im 53. Lebensjahre, † den 2. Juni zu Berlin.

Friederike von Baerensprung, geb. Hagemann, 78 Jahre alt, † den 9. Juli in Berlin.

Hans (Sohn der Frau Helena von Bauern, geb. Schmidt), 3¼ Jahre alt, † den 27. Juni.

Curt le Bauld de Nans, Seconde-Lieut. im Kaiser Alexander-Garde-Grenadier-Regiment Nr. 1, Ritter des Eisernen Kreuzes, † 20½ J. alt, am 15. Juli in Frankfurt a. M.

Friedrich Georg von Bechtold, großherzogl. hess. Geh. Staatsrath und Minister des Innern, Vorsitzender des Gesammtministeriums, † den 14. August zu Darmstadt.

Anna geb. vom Berge und Herrndorf, Gattin des Rittmeisters a. D. und Senioratsherrn vom Berge und Herrndorf, † den 7. Juli zu Ober-Herrndorf bei Groß-Glogau.

Caroline von Bernuth, verw. v. Ernsthausen geb. Mayer, † den 27. Mai zu Berlin.

Clara (Tochter Bernhards von Bernuth und Elise geb. Fuhrmann), 4¾ Jahre, den 27. Juli zu Borowo.

Fräulein Charlotte von Billerbeck im Wilhelmstifte in Charlottenburg, † den 26. Juli.

Marie Gräfin von Blücher, geb. v. Bülow, † den 1. Juni zu Rostock, 53 Jahre alt.

Margarethe, (Tochter von Eugen Baron von Boenigk, Hauptmann im 18. Infant.-Reg. und Lucie geb. Strücker), † d. 21. Juli zu Glatz, 1 Jahr 4 Monate alt.

Eduard von Borries, Kgl. Kreisgerichts-Director in Thorn, † den 8. Juni zu Warmbrunn.

Maximilian Freiherr von Goutteville, Besitzer des Schloßgutes Mering (Bayern), † den 29. Juni.

Fritz Freiherr von Brandenstein, Erbherr auf Niendorf, 79 Jahre alt, † den 15. Mai.

Dorothee (Tochter des Wolf von Brandenstein, Premierlieutenant im Mecklenburgischen Jäger-Bataillon Nr. 14 und der Dorothe, geb. v. Oertzen in Danzig), geb. den 29. März, † den 20. Juli.

Louise Sophie von Braunschweig, † den 2. Juni zu Stolp

Friedrich Franz von Broke, herzogl. sachs.-altenb. Geh. Justiz- und Appellationsgerichts-Rath (Meister vom Stuhl der Loge Archimedes in Altenburg), † daselbst den 15. Juli.

Auguste Philippsborn, geb. von Buddenbrock, † d. 3. Aug.

Carl Friedrich von Bülow, Regierungsrath a. D., † den 1. Juli zu Potsdam.

Sophie von Bülow, geb. von Freyburg, verw. Oberforsträthin, 65 J. alt, † den 9. Juni zu Schwerin.

Anna von Cammerloher, Kreisingenieurs-Wittwe in Breitenberg, † im August.

Wilhelm von Dallwitz, Ober-Forstmeister a. D., Ehrenritter des Johanniter-Ordens, † den 5. Juli zu Berlin.

Karl Friedrich August Freiherr Dathe von Burgk auf Burgk, 82 Jahr alt, † den 26. Juli in Dresden.

Caroline Virginie geb. Freiin von Diemar, Gattin des Majors z. D. Hoerner, † den 2. Juli in Ulm.

Sophie von Düring, Priorin des Klosters Lüne, † d. 5. Juni.

Johanna Freifräulein von Dürsch, † 9. Juni zu Schleißheim.

Ludwig von Erhardt, General-Lieut. a. D., 84 J. alt, † d. 30. Mai zu Breslau.

Anna von Elern, geb. von Kleist, † 22. Mai zu Wiesbaden.

Verwittw. Landräthin von Engeström, geb. v. Dahlstjerna, 83 J. alt, † den 25. Juli zu Bergen auf Rügen.

Dr. phil. Arnold Escher v. d. Linth, ordentl. Professor der mathem.-naturw. Section der philos. Facultät zu Zürich, † daselbst den 12. Juli.

Frau Anna Faltner von Sonnenburg, geb. von Heeg, 49 J. alt, † den 26. April zu Moosburg (Bayern).

Ludwig Freiherr von Feilitzsch, 87 J. alt, † den 25. Juli zu Kürbitz.

Ewald von Frisch auf Klockin in Mecklenburg, † den 8. Juli in Mannheim.

Rosa v. Gaeßler, Landrichters-Tochter, † 22. Aug. zu München.

.... Sohn des Steueraufsehers von Gellhorn, † 14. Juni zu Breslau.

Tony von Gellhorn geb. Knoor, † d. 27. Juni zu Breslau.

Margaretha Julie Freifrau von Gender, geb. Brüxner, 82 J. alt, † den 1. Juli zu Erlangen.

Frau Oberstlieutenant von Seusau, geb. von Metzradt, † den 5. Juni zu Köslitz bei Görlitz.

Franziska Sophie Charlotte Gräfin von Giech, geb. Gräfin von Bismarck, † den 19. Mai zu Thurnau.

Leopold (Sohn des Leopold von Gilgenheimb, Premierlieut. im 2. Hanseat. Inf.-Regt. Nr. 76), † den 2. Juni zu Carlsruhe.

Wilhelm von Gaeben, Major a. D. (Veteran der Englisch-Deutschen Legion in den Kämpfen gegen Napoleon I., Vater des Generals der Infanterie v. Gaeben), geb. 1791, † den 13. Juni zu Lauenstein in Hannover.

B. von Goldammer, Rittmeister a. D., † den 8. Juni.

Emil von Gödel, Seconde-Lieut. im Hannäverschen Füsilier-Regiment Nr. 73, † den 14. März in Verdun.

Friedrich Wilhelm von Gordon, Hauptmann und Comp.-Chef im 3. Rhein. Inf.-Reg. Nr. 29, † den ... Juni in Coblenz.

Annette von Grävenitz, Conventualin im Kloster Dobbertin, Großherzogth. Mecklenburg, † den 26. Juli.

Eduard von Hagn, Königl. bayr. qu. Ober-Steuer-Taxator, † 18. August zu Schleedorf, 59 J. alt.

Adolf Freiherr von Hammerstein-Gesmold, Kais. Oesterr. Oberst a. D. und Kämmerer, Ehrenritter des Johanniterordens, † den 18. Mai zu Preßburg.

Friedrich Freiherr von Hammerstein-Retzow, Königl. Hann. Major a. D., † den 2. Juni zu Dresden.

Dorothea v. d. Hardt, † den 5. Juni in Berlin.

Friedrich Graf von Hegnenberg-Dux, Kgl. bayr. Kämmerer, Staatsminister des Kgl. Hauses und des Aeußern, 62 J. alt, † den 2. Juni zu München.

Frau Auguste von Held, verw. von Seckendorff, geb. v. Faßmann, † den 22. Mai zu Colberg.

Emma von Hermann, geb. Huber, † den 7. Juli, 28½ J. alt, Anzeige von Pfullingen und Stuttgart.

Julius Freiherr von Heyden, Major a. D., Ehrenritter des Johanniter-Ordens, † den 15. Juni zu Stargard in Pommern.

Hellmuth von Heyden-Linden, Majoratsherr auf Tützpatz, Kgl. Kammerherr, Erblandmundschenk von Alt-Vorpommern, † im 72. Jahre, am 23. Juli zu Tützpatz.

Felix von Hauwald a. d. H. Krossen, † d. 8. Juli zu Berlin.

Fräulein Franziska von Jan, fürstl. Wallerstein'sche Geheimraths-Tochter, † den 21. Mai zu Augsburg.

Frau Louise geb. Bode, Gattin des Amtmann a. D., F. von Jlten, † den 8. Juli zu Verden, im 64. Jahre.

Falca von Kerssenbrock, Major a. D., † den 27. Juni.

Anna Maria Gräfin von Khuen-Belasi geb. von Mayr auf Johanneskirchen, kgl. bayr. Kämmerers- und Generallieutenants-Wittwe, † den 15. Juni, 74 J. alt, zu München.

Alois von Kirchbauer, kgl. bayr. quiesc. Rentbeamter, Ritter des Verdienstordens vom heil. Michael I. Klasse und Inhaber der goldenen Civilverdienst-Medaille, 79 Jahre alt, † den 30. April zu Kelheim.

Cäcilie von dem Knesebeck, † den 6. Juli zu Röderhof.

Ernst von Knobelsdorff, Ritterschaftsrath, † den 16. Juli in Schwedt a. O.

Alexandrine von Knobelsdorff, † d. 20. Mai zu Wiesbaden.

Ella (Töchterchen des Hauptmanns a. D. von Köckeritz) 1½ J. alt, † den 4. August zu Siewisch bei Drebkau.

Friedrich Freiherr von König-Maunen, kgl. Würt. Kammerherr in Stuttgart, † Ende April.

Leonhard Freiherr von Kaschkull, General-Lieutenant z. D., † den 20. Mai zu Potsdam.

Wilhelmine von Kreß, geb. von Regemann, † den 18. Juli zu Bad Abbach bei Regensburg.

Udo von Kropff, Hauptmann a. D., † den 9. Juli zu Blankenburg am Harz.

Fritz von der Lancken auf Berglas, 47 J., † den 11. Juli.

Fräulein Ernestine von Landershausen, 80 J. alt, † den 16. Juni zu Schweidnitz.

Ludwig Graf von Langenstein (Sohn des 1830 † Großherzogs Ludwig von Baden aus morgan. Ehe), lebenslängl. Mitglied der ersten bad. Kammer, † den 11. Juni zu Karlsruhe.

Frau Generalmajor von Lebbin, geb. Wißmann, † d. 12. Juli in Berlin.

Ernst Freiherr von Ledebur, (Sohn des Geh. Archiv-Secretärs E. Freih. v. L.) † den 1. Juni zu Berlin.

Christiane Freifrau von Leitner, geb. Gräfin von Preysing-Hohenaschau, † den 3. Juni zu München.

Josepha von Pengrießer geb. Haßlinger, Privatiers-Wittwe, † den 6. Juni zu München.

Friederike von L'Estacq (Tochter der Frau Emilie von L'E. geb. von Rathmaler), † den 17. Mai.

Curt von Lettow-Vorbeck (Söhnchen des Herrn Curt von L.-V. und Elisabeth geb. Barwerk, 5 Wochen alt, † den 6. Juni zu Schönow.

Christiane Freifrau von Lindemann-Just geb. v. Beulwitz, verwittw. Oberstlieutenant, † den 4. Juni in Berlin.

Karl von Lippa, † den 12. Mai zu Breslau.

Mathilde von Lütcken, Priorin des Klosters Neuenwalde im Herzogthum Bremen, † den 28. Juni.

Victor Baron von Magnus, Großbrit. Generalconsul in Berlin, Chef des Bankhauses F. Mart. Magnus, † den 29. Juli zu Potsdam.

Curt (den 18. Decbr. 1871 geb. Sohn des Herrn Hugo von Manteuffel und Auguste geb. Carvin-Wierobitzky), † den 4. Aug. zu Hohenwardin.

Gertrud, Tochter des Landrath Marschall von Altengottern und Anna geb. von Seebach, † 14 Jahre alt, den 4. Juli im Stift Altenburg.

Helene Angstwurm, geb. von Mayer, Oberaufschlagbeamten-Wittwe, † den 14. August im 72. Lebensjahre zu München.

Herbert Freiherr von Mengersen, Kaiserl. österr. Major und Kämmerer, Ehrenritter des Johanniter-Ordens, † den 21. Juni zu Wien.

Georg (Sohn des Staatsanwalts von Metzsch und Bertha geb. von Damnitz), 6 J. alt, † den 28. Juni zu Mittweida.

Ottomar, 8 Monat alter Sohn des Herrn von Meyer zu Knonau, † Nachts vom 14 bis 15 Juli zu Reichen.

Charlotte Kowalewela geb. von Michaelis, 73 J. alt, † den 6. August zu Königsberg i. Pr.

Ludovike von Minnigerode, † d. 29. Juni zu Wallershausen.

Ludwig von Moos, Schweiz. Artillerie-Lieut. und Maschinen-Ingenieur, † den 16. Juni, 25 Jahre alt, zu Luzern.

Elise von der Mülbe, † d. 7. Juni, 70 J. alt, zu Braunschweig.

Franz Friedrich Freiherr von Naß, geb. 1791 zu Johannisberg in Schlesien, † den 18. Juni zu Dresden.

Heinrich von Oftau, General-Major a. D. auf Schloß Drehel bei Genthin, Rechtsritter des Johanniter-Ordens, † den 11. Juli zu Schloß Drehel.

Richard von Pape, Kgl. Sächs. Rentamtmann a. D., † den 27. Juni zu Wermsdorff.

Oscar von Parpart, Premierlieutenant im 2. Hanseat. Inf.-Reg. Nr. 76, † 5. März zu Mentone.

James Patrick von Parry, herzogl. Sächs. Kammerherr, Ritter, † den 9. Juni zu Hirschhügel.

Wilhelm von Pelchrzim, Königl. Kataster-Controleur, Lieutenant, † den 4. Juni zu Rybnik.

Gustav von Peter, Registratur-Assistent bei der königl. bayr. General-Zoll-Administration, † den 8. Juni, 55 Jahre alt, zu Augsburg.

Adolf von Petzold, † zu Epernay den 24. Juli.

Franz Symd Freiherr von Pfaffenhofen, quiesc. fürstl. Fürstenberg. Hofmarschall (Numismatiker), † d. 3. April zu Donaueschingen.

Carl von Pigenot, kgl. bayr. quiesc. Regierungsrath und Bezirksamtmann, Ritter vom Orden des heil. Michael, † d. 8. Juni, 65 Jahre alt, zu München.

Oscar von Podewils, † d. 22. Juli im 26. Jahre in Berlin.

Luise von Prittwitz und Gaffron a. d. H. Kreisewitz, 83 Jahre alt, † den 30. Juni in Breslau.

Amalie von Randow, † den 30. Juni zu Gnadenfrei.

Emmy (Töchterchen des Rudolf von Rath und Luise geb. Bange, † d. 7. Aug., 1½ Jahr alt, zu Bloemendaal bei Haarlem.

Anna von Reichenbach (Töchterchen des Ingenieur-Geograph Hugo v. R. und Marie geb. Hankwitz), 5 Mon. alt, † d. 28. Mai zu Berlin.

Gemahlin des Kgl. Württemb. Kammerherrn Freihr. v. Reischach, geb. Freiin von Röder, † den 2. August zu Putbus.

Agnes von Rieben, geb. von Witzleben, 75 J. alt, † den 4. August zu Polnischdorf bei Wohlau.

Auguste von Roëll, geb. Klütz, verw. Majorin, 85 Jahre alt, † der. 8. Juni zu Greiffenberg.

Bruno von Rohrscheidt, Lieutenant a. D., † den 25. Juli zu Weißenfels.

Libby, verw. Hauptmann von Rohrscheidt, geb. von Olnhausen, 62 J. alt, † den 12. Juli zu Tharandt.

Caroline von Rosenberg, 71 J. alt, † d. 26. Juli zu Berlin.

Katharina von Rotteck, geb. More, Wittwe Karls v. Rotteck, 86 J. alt, † den 4. Juni zu Freiburg.

Marie Tochter des Oberst von Sahr in Dresden, † 23. Juli.

Auguste Schneider geb. von Sallawa, † den 16. Mai zu Liegnitz.

Robert von Sanden, preuß. Premier-Lieut. a. D., † den 25. Mai zu Prien in Bayern.

Otto von Saenger, königl. Amtsrath, 57 J. alt, † d. 12. Juli zu Polajewo.

Fräulein von Schack in Ludwigslust, † den 15. Juli.

Otto von Schaper, Major und Commandeur der 3. (Mecklenb.) Fuß-Abthlg. Schleswig-Holsteinischen Feld-Artillerie-Regts. Nr. 9, Ehrenritter des Johanniter-Ordens, † 13. Juni zu Stettin.

Elisabeth (Töchterchen des Premierlieut. im Kgl. bayr. 4. Art.-Reg. Karl von Scheurl-Defersdorf und Olga geb. Sonntag), 6½ M. alt, † den 6. August zu Ludwigsburg.

Charlotte, 3 M. altes Töchterchen von Karl von Schilling und Charlotte geb. von Moltke, † den 5. Juli zu Alpirsbach.

Bernhard Gottfried Graf von Schmettow, Kgl. Oberstlieut. a. D., Mitglied des Herrenhauses, Stifts-Verweser des Familien-Fräulein-Stifts zu Rietschütz, 86 J. alt, † den 8. Juni zu Pommerzig.

Arthur, 3 Monat alter Sohn des Hermann von Schmid, Hauptmann und Comp.-Chef im 1. Posenschen Infant.-Reg. Nr. 18 und der Marie geb. von Oertzen, † den 15. Juli in Glatz.

Julius Schnorr von Carolsfeld, geb. am 26. März 1794 in Leipzig, gew. Director der k. Gemäldegallerie in Dresden und Professor der dortigen Kunstacademie, † den 24. Mai in Dresden.

Franzisca Huber, gb. Freiin von Schönprunn, kgl. bayr. Steuer-Liquidations-Commissärs-Wittwe, † 20. Aug. zu München.

Jenny von Schwartz, geb. Straeter, (Gemahlin des Generallieut. z. D. v. S), † d. 28. Mai zu Wiesbaden.

Frieda (T des Hans von Schwartz), † 5. Aug. zu Nimmeroda.

Charlotte Staegemann geb. von Seelhorst, † den 8. August zu Cammin in Pommern.

Alexander Freiherr von Senden, † den 27. Juli zu Berlin.

Friedrich Ferdinand Leopold von Seydewitz, Regierungspräs. a. D., auf Roitsch, Kreis Bitterfeld, Ehrenritter des Johanniter-Ordens, † den 7. Juli zu Roitsch.

Sophie Gräfin von Seyssel d'Aix, geb Gräfin von Drisch, kgl. bayr. Pallastdame, des Theresien- und St. Anna-Ordens Ehrendame, Kammerherren-, Generallieut. und Generalcapitains-Wittwe, † den 2. August im 69. Lebensjahre zu München.

Dr. August von Solbrig, kgl. bayr. Hofrath, o. Professor der Psychiatrie an der Universität zu München, Vorstand und Oberarzt der oberbayr. Kreis-Irrenanstalt, Ritter verschiedener Orden ꝛc., 63 J. alt, † d. 31. Mai zu München.

Alexandrine Gräfin zu Solms-Rösa, geb. von Zawadzky, Gemahlin des Grafen Feodor zu Solms-Rösa auf Stupoto, † zu Stupoto den 17. Juni.

Käthchen (Tochter Heinrichs v. Sprenger), † den 19. Juni zu Malitsch.

Karl August Freiherr von Stein-Kochberg, Kgl. Preuß. Geh.

Ober-Regierungsrath a. D., designirter Domdechant des Hochstifts Naumburg, † daselbst den 8. Juli.

Johann Paul von Stetten, bis zum J. 1861 Chef des Bankhauses Paul v. Stetten in Augsburg, Ritter des Verdienstordens vom heil. Michael, 82 J. alt, † den 10. Mai zu Hammel.

Hermann Graf zu Stolberg-Stolberg, † am 11. Juli auf Schloß Medewitz bei Bautzen, 77 Jahre alt.

Eberhard Graf zu Stolberg-Wernigerode, Oberpräsident von Schlesien, Generallieut. und Oberjägermeister, Kanzler des Joh.-Ordens, † den 8. August zu Bad Johannesbad.

Wilhelm (Sohn des Oberstlieut. von Stosch vom 4. Posenschen Inf.-Reg. Nr. 19), 4¼ Jahre alt, † den 27. Juni in Groß-Glogau.

Victor von Stralendorff, † den 30. Juni zu Gamehl.

Karl Graf von Stralenheim-Wasabourg, Königl. bayr. Oberst a. D., 62 J. alt, † den 11. Mai zu München.

Maximilian von Thielau, Kgl. Oberst, † den 29. Mai.

L. Freiherr von Thüngen zu Burgsinn, k. bayr. quiesc. Bezirksgerichtsdirektor in Würzburg, 78 J. alt, † Ende April.

Hans Eduard von Trebra, 81 J. alt, † 4 Juli; seine Wittwe Adelheid v. Trebra, geb. v. Schönberg.

Wilhelm von Treskow, Oberstlieutenant a. D., auf Schmarsendorf bei Schönfließ in der Neumark, Ritter des eis. Kreuzes, Ehrenritter des Johanniter-Ord., † d. 22. Juli zu Schmarsendorf.

Margaretha, älteste Tochter des A. von Treskow, † 8 J. alt, den 3. Juli in Breslau.

Otto von Treskow, Major a D. im 38. Inf.-Reg., † den 6. Mai zu Mainz.

Marianne von Trotha, geb. von Boehn, Gemahlin d. Oberst Thilo v. Trotha, † den 19. Juli zu Berlin.

Friedrich Julius von Uechtritz und Steinkirch, Kgl. Polizei-Hauptmann a. D., † d. 27. Juli zu Niewerle bei Sommerfeld.

Amalie Sophie Freiin von Ungern-Sternberg, Hofdame J. K. H. der Großherzogin von Baden, † d. 24. Mai zu Karlsruhe.

Constantin Freiherr von Ungern-Sternberg, Kais. Russ. Geh. Rath und Kammerherr, auf Harck bei Reval, Ehrenritter des Johanniter-Ordens, † den 1. August zu Böslau bei Wien.

Axel von Usedom (Söhnchen des Prem.-Lieut. Ernst v. U. und Elisabeth geb. v. Treskow, geb. den 19. Mai), † den 25. Mai zu Belgard.

Anna v. Vogel auf Ascholding, geb. v. Kobell, † d. 6. Juli zu München.

Verw. Majorin v. Warenberg, geb. v. Blessingh, † im Juli.

Redacteur: Gustav Seyler in Berlin, Potsdamer Str. 43a. II. — Commissions-Verlag von Mitscher & Röstell in Berlin.
Druck von A. Haack in Berlin.

Kleine Chronik.

Erhebungen in den Adelsstand. Se. Majestät der König von Preußen haben Allergnädigst geruht:

Den Rittergutsbesitzer Rudolph Schulz auf Dratzig im Kreise Czarnikau, unter dem Namen „Schulz von Dratzig", (public. den 14. September), sowie

Den Regierungsrath und Hauptmann a. D. Carl Friedrich Wilhelm Lieber zu Seichau im Kreise Jauer (publicirt den 17. September),

in den Adelsstand zu erheben.

Die „Comites palatini" des 19ten Jahrhunderts.

Die nachfolgenden Schriftstücke sind uns von einem auswärtigen Bereins-Mitgliede zugestellt worden, welches Gelegenheit hatte, die Originale in Danzig einzusehen. Wir theilen sie ohne Commentar mit.

I.

(Ein gebrochener halber Bogen.)

Seite 1.

Priv. Archiv für Heraldik

u. Genealogie.

Berlin.

Heraldisch und Genealogischer Bericht.

Das Wappen der Familie

Wegner.

Seite 2.

Beschreibung des Wappens der Familie

Wegner.

(Hier folgt die Beschreibung; darunter:)

v. *Ledebur*, Pr. Ad.-Lex. 3. 90.

v. *Zedlitz*,   -   -   -   4. 320.

ferner:

II.

Garantie-Schein.

Die Familie *Wegner aus Königsberg* ist mit Recht befugt, beifolgendes Wappen zu führen.

Priv. Anstalt für Genealogie und Heraldik

zu Berlin.

H. Hinze,

Neu-Cölln am Wasser.

(Die gewöhnlichen Schriften bezeichnen das gedruckte Formular, die Cursiv das Geschriebene.) — Seit wann mag das Privilegirte (oder Privat-?) Archiv „gegründet" sein, und welchen Curs haben die famosen „Garantiescheine"?

Familien-Nachrichten.

Vermählungen.

Bechtold Graf von Bernstorff, G.oßherz. Mecklenb. Amtsauditor, und Caroline geb. v. Arnim den 31. Mai zu Doberan.

Wilhelm van Berswordt, Lieutenant im Westfäl. Jäger-Bat. Nr. 7, und Johanna geb. v. Berswordt, den 1. August zu Wetzlar.

Richard Wittenstein und Elise geb. v. Bernuth, den 26. Aug. Elberfeld und Berlin.

Hellmuth van Bethe und Clara geb. v. Saenger, d. 21. Aug. zu Grabowo.

Carl v. Bock und Polach, Amtmann, und Marie geb. von Bernuth, den 25. Juni zu Saest.

Wilhelm von Böckmann, Major und Bezirks-Commandeur des Reserve-Landwehr-Bataillons (Hannover) Nr. 73, und Helene geb. Friedrich, den 28. August zu Hameln.

R. v. Bünau, Hauptmann und Comp.-Chef im Rhein. Jäger-Bat. Nr. 8, und Agnes geb. Eggeling, den 18. Juni zu Cöthen.

Edmund v. Förster, Premierlieut. im Kaiser-Franz-Garde-Grenadier-Regiment, commandirt zum großen Generalstab, und Tona geb. Freiin v. Stromberg, den 14. August zu Bonn.

Ernst Graf v. Hardenberg und Elise geb. Gräfin Perponcher, den 21. Juni zu Berlin.

v. Derwarth, Hauptmann im 1. Garde-Regiment z. F., commandirt als Adjutant zum General-Commando 11. Armeecorps, und Katharina geb. Reste, den 9. Aug. zu Dargislaff.

Josef v. Jarazla, Major a. D. und Postdirektor, und Bally Obert, den 1. August zu Glatz.

v. Kühlwetter, Rittmeister im Rhein. Dragoner-Reg. Nr. 5, und Katharina geb. Albrecht, den 10. Juni zu Darmstadt.

v. Kuyle, Premierlieut. und Adjutant im 1. Brandenburg. Dragoner-Reg. Nr. 2, und Margarethe geb. v. Bethe, d. 24. Juni zu Reichenbach.

Otto Freiherr v. Manteuffel, Sec.-Lieutenant im Thüring. Husaren-Regiment Nr. 12, und Helene geb. v. Brandenstein, den 11. Juni zu Merseburg.

Martin v. Rathusius, Pastor, und Helene geb. v. Stosch, den 15. August zu Wernigerode.

Heinrich v. Ostau-Osselwitz und Paula geb. v. Knobloch, den 16. August zu Puschleiten.

Paul Sy und Davida v. Poncet, den 15. Juni zu Berlin.

Ernst Reichert, Prediger, und Anna geb. Freiin v. Puttkammer, den 8. August zu Wollin.

Freiherr v. Quadt und Hüchtenbruck, Hauptmann im Garde-Schützen-Bataillon und Adjutant der Inspection der Jäger und Schützen, und Clementine geb. Freiin zu Inn- und Knyphausen, den 22. Juni zu Neinstedt.

Richter v. Steibach, Hauptmann und Bataillons-Chef im Schles. Feld-Artillerie-Reg. Nr. 6 und Marie v. Brochem, den 18. August zu Glatz.

v. Scheel, Hauptmann à la suite des 3. Hess. Infant.-Reg. Nr. 83, und Martha geb. Hartmann, den 21. Mai zu Berlin.

Adolf Stieler v. Heydekampf, Kreisrichter, und Agnes geb. Schulz, den 17. Juni zu Lindau bei Neustädtel.

Max Freiherr Taets v. Amerongen, und Susette geb. Freiin v. Kraue, den 4. Juni zu Darmstadt.

Dr. Reinhald Walter, Rector und Pastor am Diaconissenhaus zu Riga und Marie Freiin v. Schleinitz, den 13. August.

Carl von Tschudi, Premierlieutenant im Niederrhein. Füsilier-Regiment Nr. 39 und Hedwig geb. Trainer, 21. Juni zu Arolsen.

Bernhard Freiherr v. Welczeck-Laband, Kgl. Lieut. à la suite des Garde-Kürassier-Reg. und Legations-Secr., und Louise geb. Gräfin Hatzfeldt, den 7. August zu Schloß Sagan.

v. Winterfeld, Hauptmann und Compagnie-Chef im 1. Garde-Regiment zu Fuß und Hedwig geb. v. Winterfeld-Kerberg, 17. Juni zu Berlin.

Weudt, Geh. Regierungsrath, und Anna geb. v. Woringen, den 5. August zu Berlin.

Carl v. Wiedebach und Nostitz-Jänkendorf, Premierlieut. und Adjutant im 1. Hess. Husaren-Reg. Nr. 13 und Marie geb. Freiin v. Mannsbach, den 12. Juni zu Mannsbach.

Todesfälle.

Christer Conrad, Sohn des Freiherrn v. Albedyll und Paula geb. von Below-Lugowen, † den 21. August zu Karmitten.

Eberhard (Kind des Herrn Georg v. Arnim und Hermine geb. v. Stülpnagel), † den 25. August zu Marienhöh.

Ludwig von Baur-Breitenfeld, gew. Gerichtsactuar, † den 1. September zu Ellwangen, 67 Jahre alt.

Clara von Below, geb. von Borcke (Gemahlin des Rittmeister und Escadronschef im 2. Garde-Ulanen-Reg. v. B.), † d. 19. Juni zu Berlin.

Verw. Frau General-Lieut. v. Benkendorf und Hindenburg, geb. v. Polenz, † den 28. Juli zu Dresden.

Hugo Graf von Bernstorff, k. k. General, Ritter der eisernen Krone mit dem Kriegsdenkzeichen ꝛc., † d. 4. Aug. zu Gleichenberg.

Henriette von Blücher, geb. von Engel, † den 16. August zu Neustrelitz.

Elisabeth von Brüsewitz-Compz, geb. van Schon, † den 13. August zu Campz.

Julie Freifrau von Buddenbrock geb. Tölpe Freiin von Limburger, † den 23. August zu Bad Schandau.

Elisabeth van Bülow-Wamekow, geb. Trummer-Projensdorf, † den 8. August zu Schwerin.

Ein am 19. April geborenes Töchterchen des Kreisrichter Wilhelm von Colomb und Adelheid geb. Freiin von Gustedt, † den 21. August in Kempen.

Leopoldine von Denzin, geb. Denzin, † den 21. Juni zu Schlawe, 56 Jahre alt.

Die verw. Generalin Baronin von Dieskau, geb. Mertens, † den 9. Juni zu Görbersdorf in Schlesien im 55. Lebensjahre.

Ferdinand van Diezelski, Hauptmann a. D., † d. 25. Juli zu Schneidemühl, fast 75 Jahre alt.

Albertine von Drenkhahn, geb. v. Ramin, † den 20. August zu Lehsen.

Ulrice van Esbeck, geb. von Buggenhagen, ver.v. Oberstlieut., † den 25. Aug. zu Bann.

Elisabeth (3 Jahre altes Kind des Grafen Conrad Finck von Finckenstein, Oberstlieut. z. D.), † den 27. Aug. zu Potsdam.

Frau Major van Förster, geb. von Tschierschky und Bögendorf, † den 1. August zu Obermittlau, 82 Jahre alt.

Fräul. Aline van Fritze, † den 24. August zu Stangenberg.

Otto van der Goblentz, kgl. Oberstlieutenant a. D., Ritter ꝛc., † den 22. August zu Berlin.

Paul Maximilian Erdmann van Gersdorff, kgl. Landrath des Breslau-Stargawer Kreises, Rittergutsbesitzer und Ritter des rothen Adlerordens, † d. 17. Juni zu Berlin im 58. Lebensjahre.

Frau Oberförster Eyber, geb. van Gaerne, † den 24. August zu Beeskow, 89 Jahre alt.

Julie Minna geb. van Grabowski, verw. Oberamtmann Segler, † 13. Juni, im 75. Lebensjahre.

Louise Gräfin von Hacke geb. van Kummer, † den 17. August zu Potsdam.

Ulrike Lünzel, geb. von Hake, Gattin des engl. Regimentsarztes a. D. Dr. Arnim L., † den 18. Aug. zu Bad Laucha.

Ferdinande van Hanstein, Hof- und Stiftsdame, † d. 28 Juli zu Braunschweig, 79 Jahre alt.

Charlotte v. Helmrich geb. Bittner, † d. 14. Aug. zu Ludowa.

Ella, am 15. Mai geb. Tochter des Hauptmann a. D. Richard von Hirsch und Amanda geb. Ludwig, † den 29. Juli zu Ferdinandsfelde.

Ernst Lea van Halwede, Generallieutenant a. D., Ritter ꝛc., † den 2. August zu Görlitz.

Flora Freifrau van Hotzschuber, geb. Betterlein, † den 29. August zu Alzing.

Agnes Charlotte Freifrau van Hohningen-Huene geb. von Ungern-Sternberg, † den 20. Juli zu Franzensbad.

Euphemie van Kextwelo, Stiftsdame zu Kapsdorf, † den 23. Juni zu Kapsdorf.

Dr. Baron van Keßler, Leibarzt des Königs Ferdinand van Portugal, Commandeur und Offizier vieler Orden, † den 23. Aug. zu Lissabon, 67 Jahr alt.

von Klinkowström, pens. kgl. Steuer-Rendant und Hauptmann a. D., 84 Jahre alt, (4 Kinder, 18 Enkel), † den 1. Aug.

Das am 20. Juni c. geb. Söhnchen des Herrn van Klitzing-Koltzig, † den 1. Aug. zu Charlottenburg.

Otto van Knabelsdorff, † den 19. Juni zu Schöneiche, 23 Jahre alt.

Friedrich Wilhelm Ludwig Freiherr von König zu Mouren, † den 26. April zu Stuttgart (hiernach ist die Notiz S. 21 zu berichtigen) und

Dessen Gemahlin Amalie Charlotte Wilhelmine geb. Brandt von Lindau, † den 23. April zu Stuttgart.

Curt, (15 Tage altes Söhnchen des Herzogl. Anhalt. Kammerjunkers und Assessors Dr. von Koseritz und Elisabeth geb. Freiin von Beust), † den 21. August zu Köthen.

Hans von Kurowski, Gutsbesitzer auf Tuchlen, † d. 12. Juni zu Tuchlen, im 46. Lebensjahre.

Friedrich Adolf Carl von Leipziger, Rittergutsbesitzer auf Kropstädt, Jahmo und Assau, Kreisdeputirter des Wittenberger Kreises, † den 11. August auf Haus Kropstädt.

Bernhard, Söhnchen des Dr. O. van Linstow und Anna geb. van Compe, † den 2. August zu Ratzeburg.

Freifräulein Marie von Lützow, † 30. August zu Ludwigsburg.

August von Lützow, den 14. August zu Carlsbad, 77 J. alt.

Olegord, 8 Jahre alte Tochter des Hauptmann und Compagnie-Chef im Schleswig. Inf.-Reg. Nr. 84, Freihr. van Lützow und Margaretho geb. von Werder, † den 2. August zu Schleswig.

Gretchen jüngste 5 Jahre alte Tochter des Freiherrn v. Lützow, und Morgoretho geb. von Werder, † den 10. Aug. zu Schleswig.

Margarethe Freifrau von Lützow, geb. van Werder, † den 18. August zu Schleswig.

Gottlob Freiherr van der Malsburg, 18 Jahre alt, † den 14. Juni zu Sontra in Kurhessen.

Fräulein Hedwig von Maltzahn, † den 13. August zu Cölpin, 35 Jahr 5 Mon. alt.

Amalie von Michael-Gantzkow geb. Wendarff, † den 8. Aug. zu Liebenstein.

August von Mahrenschildt, † den 15./27. Juli zu Heiden (Schweiz). [Die Anzeige erfolgte von den Geschwistern zu Nurms in Ehstland.]

Ernst von Münchow, Rittergutsbesitzer auf Laatzig, † den 10. August, im 73. Lebensjahre.

Marie van Mutius geb. van Röder, verw. Generalin, † den 31. Juli, 70 Jahr alt zu Bromberg.

Philipp von Nothusius-Reinstedt, † den 16. August zu Luzern.

Friederike Neander von Petershoiden geb. Morgenländer, verw. Generallieutenant, † den 12. August zu Görlitz.

Wilhelmine van Nelbsteyn, geb. Freiin van König, † den 27. April zu Broeckhuisen in Halland.

Carl (5½ Monate altes Söhnchen des Herrn H. van Oertzen und Alma geb. von Kothen), † den 14. August zu Kittendorf bei Stavenhagen in Mecklenburg.

Emilie Freifrau van Paris geb. van Podjorsta verw. Postdirector, † den 18. August zu Poln. Lissa, 79 Jahre alt.

Maximilian von Peyrer, Brandstätter'scher Benefiziat zu Erding (Bayern), † daselbst den 23. September, 68 Jahre alt.

Irmengard (6 Jahre alte Tochter des Major und Escadronschef im Schleswig-Holstein. Husaren-Reg. Nr. 16 Ernst Edler von der Planitz, und Claro geb. Gräfin v. d. Schulenburg, † den 23. August zu Schleswig.

Anne-Marie (4 Monate altes Kind des Premierlieutenant im Magdeburg. Cuirassier-Reg. Arndt van Plöy und Anna geb. von Winterfeld), † den 20 August zu Domerow.

Helene, Tochter Eugen's van Bagrell, † den 8. August zu Trautensee bei Lissa.

Hedwig van Prestentin geb. Müller, Gemahlin des Hauptmanns im Brandenb. Feld-Art.-Reg. Nr. 3 v. B., † den 29. Juli zu Jüterbog.

Kgl. Justizrath van Prittwitz-Gaffran, † den 18. August zu Brieg, 53 Jahre alt.

Gerwin, 4 Monate altes Söhnchen des Grafen Leopold van der Recke-Bolmerstein und Marie geb. Gräfin v. Hahenthal-Doelkau † 29. Juli zu Craschnitz.

Marie (Töchterchen des Freiherrn Hermann vor der Reck und Anna geb. von Barries), † den 23. August zu Eckendarf.

Mathilde Charlotte Auguste Freifrau von Reischach, geb Freiin von Raeder, † den 2. August zu Putbus.

Louise von Rüdiger geb. Seiffert, † d. 15. Aug. zu Striegau.

Frau Ober-Regierungsräthin von Saltzwedell, † d. 12. Juni zu Danzig.

Sophie geb. von Schachtmeyer, Gemahlin des Rechtsanwalt W. Liman, † den 12. August zu Cottbus.

Philippine von Scheel geb. Huot, † den 20. Juni zu Dresden (auf der Reise nach Teplitz).

von Schickfuß, kgl. Oberstlieutenant, Commandeur des Garde-Train-Bataillons, † den 23. August zu Gnesen.

Marie Anna Baronin Schimmelpenninck van der Oije geb. von Rantzow, † den 22. Juni zu Bad Neuenahr.

Georg von Schulze, Rittergutsbesitzer auf Miszeiken bei Memel, † den 19. Juni.

Nanny Schumann, geb. van Schweinitz, Predigerswittwe, † den 17. August zu Gnadenfeld.

Philippine, Wittwe des Finanzrathes Dr. Paul von Sick, geb. von Huber-Liebenau, † den 10. September zu Stuttgart.

v. Siegroth, Steuerrath a. D., Ritter 2c., † den 14. Juni zu Frankfurt a. O.

Fräulein Natalie von Siegrath, † den 11. August zu Oels.

Doris von Sommerfeld und Falkenhain, geb. Stegmann, verw. Oberstin, aus Frankfurt a. O., u. d. 18. Juni auf einer Besuchsreise zu ihren Kindern (Görlitz).

Käthchen von Sprenger (4 Jahre alte Tochter des Herrn Heinrich von S., und Valerie geb. Freiin von Lorenz), † den 19. Juni zu Malitsch.

Albert von Stangen, Kgl. Strafanstaltsdirector a. D., Ritter des Rothen Adlerordens, † 7. Aug. zu Kunersdorf, 75 Jahre alt.

Freiherr von Stiern, Kgl. Rechtsanwalt und Notar, Hauptmann a. D., † den 20. August zu Stolp.

Carl August Ferdinand van Stoltzenberg, Oberst a. D. aus Haus Sögeln bei Osnabrück, Ehrenritter des Johanniter-Ordens † den 15. September zu Sögeln.

Wera von Stryk, Tochter des Herrn W. v. S. und C. geb. Gräfin van Igelström, † den 26. Juli zu Berlin.

Henningk, 4½ Monate altes Kind des Landrath von Stülpnagel, † den 9. August zu Belzig.

Minna von Sydow, geb. Rambeau, Gattin des Oberst und Abtheilungs-Chef im Nebenetat des großen Generalstabes von S., Mutter des Lieut. im 3. Garde-Reg. z. F. Richard van S., † den 28. Juli zu Berlin.

G. von Tallard auf Lehensruhe, Kgl. Hann. Hauptmann a. D., † den 21. Juli zu Lehensruhe.

Frau von Thielau, Gemahlin des Hauptmann und Comp.-Chef im 8. pomm. Inf.-Reg. Nr. 61, Hugo von Th. (Belfort), † den 21. Juni.

Wanda von Tietzen und Hennig, geb. von Werder, verw. Generalin, † den 30. Juli zu Freiburg i. Schl.

Elsbeth, 9 Monate altes Kind des Herrn Hugo van Uechtritz und Steinkirch und Clementine geb. Hempel, † den 26. Juni zu Niewerk bei Sommerfeld, N.-L.

Ernst von Versen, † den 30. Juli zu Köslin, 17 Jahre alt.

Eduard Baron van Bietinghaff genannt Scheel, Major z. D., † den 18. Juli zu Danzig.

Carl Ferdinand (am 7. Juli geb. Sohn des Grafen Ernst Vitzthum, Major im Kgl. Sächs. 1. Ulanen-Reg. Nr. 17, und Helene geb. Edle van der Planitz), † den 19. Juli zu Oschatz.

Hermann Freiherr von Vogten und Westerbach, Kgl. Kreisgerichtsrath, 75 Jahre alt, unvermählt, der Drittletzte seines Namens, † den 3. Mai zu Hermsdorf unterm Kynast.

Freiherr von Wallbrunn, Ingenieur-Hauptmann a. D., † d. 19. August zu Wernigerode.

Bertha von Wallhafen, geb. von Blacha (Gemahlin des Rittmeisters im 8. Schles. Drag.-Reg. Nr. 15, v. W.), † den 18. Mai zu Hagenau im Elsaß.

Ludwig Georg Otto van Warendorff, Major a. D., † den 23. August zu Brömberhof bei Wesel.

Helene van Watzdorf, geb. von Lieres und Wilkau, † den 9. August, 27¾ Jahre alt.

Friedrich Wilhelm Carl Ferdinand Graf van Wedel, Großh. Oldenburg. Generallieut. a. D., General-Adjutant des Großherzogs, Ehrenritter des Johanniter-Ordens, † den 14. Juli zu Ems.

Rosalie verw. Gräfin von Wedel-Gödens, geb. de Latte, † d. 2. Juni zu Oldenburg.

Robert von Wedell, Hauptmann und Rittergutsbesitzer, † d. 25. Juni zu Hammer bei Driesen.

Frances Edith van Wehren, 9 Jahre alte Tochter des Major und Commandeur des Füsilier-Bat. 3. Großherz. Hess. Inf.-Reg. Nr. 117, Georg v. W., † d. 1. Aug. zu St. Malvern (England).

Christoph Wilhelm Gustav van Weidenbach, Gutsbesitzer zu Guttenhausen (Württemberg), 48 Jahre, † den 5. August.

Frau Clara von Westernhagen geb. Johannes, Gemahlin des Major Bruna von W. im 1. Magdeb. Infant.-Regt. Nr. 26, † den 12. Juni zu Magdeburg.

Eduard Freiherr von Weveld, kgl. Rechtsanwalt in Neuburg a. D. und Rittergutsbesitzer zu Sinning (Bayern), † im Mai.

Louise von Wick, geb. von Bülow, Regierungsräthin, † den 15. Juni zu Bützow.

Cäsar von Widder, k. bayr. quiesc. Bezirksamtmann in Nürnberg, † . . . August.

Gustav von Wilncki, Kgl. Sächs. Hauptmann a. D., † den 25. Juli zu Cabel.

August von Winning, Rittergutsbesitzer, † den 1. Juni zu Dresden.

Friederike Bartsch, geb. von Winterfeld, † den 25. August zu Gleiwitz.

Albert Freih. van Wirsing, Kgl. Württemb. Major a. D., † den 5. Juni in Bayern (?).

Joseph van Witowski, Premierlieut. im 3. Hannöv. Infant.-Reg. Nr. 79. Ritter des Eisernen Kreuzes, (Bruder), † d. 15. Mai zu Neustadt unterm Hahnstein, und

Marie von Witowska (Schwester), † d. 27. Mai zu Glatz.

Maximilian von Wittenburg, † den 26. August zu Gernrode im Harz.

Bernhard van Witzleben, Kgl. Preuß. Hauptmann a. D., früherer Batteriechef der Garde-Artillerie, † d. 27. Juni zu Berlin.

Benno von Witzleben, Kgl. Sächs. Generallieut., General-Adjutant S. M. des Königs, † den 17. Mai zu Pillnitz.

Julius van Walfersdorff auf Gärsdorf, † den 30. Mai zu Dresden.

Emilie Freifrau von Wolzogen, geb. von Lilienberg, verw. Generalin, 75 Jahre, † den 28. Juni zu Kalbsrieth bei Artern in der goldenen Aue.

Carl Arthur von Brochem, Kgl. Landrath a. D., † den 26. August zu Hirschberg.

Walter van Brochem, Kgl. Preuß. Kadett, † den 21. Aug. zu Koppinitz, 13 Jahre 9 Monate alt.

Agnes van Wulffen geb. von Kleist (Gemahlin des Hauptm. Adolf v. W. im Ostfries. Inf.-Reg. Nr. 78), † den 15. August zu Brandenburg a. H., 26 Jahre alt.

Wilhelmine van Wüstenhaff geb. von Schurff, † d. 26. Juni zu Salze, 79 Jahre alt.

Valerie von Zakrzewsko, † den 18. Mai (in der Anzeige steht wohl durch Druckfehler März) zu Warmbrunn.

Eugen von Zanthier auf Brozen und Groß-Wanneschin, † den 18. Juli in Brozen.

Julius Graf von Zech-Burkersrode, Wirkl. Geh. Rath, Kammerherr und Mitglied des Herrenhauses, auf Gaseck, Rechtsritter des Johanniter-Ordens, † den 17. Juni zu Bendorf.

Caroline van Zehntner, Kgl. bayr. Zollbeamtenstochter, † d. 4. August im 33. Lebensjahre zu München.

C. von Zenger, kgl. bayr. Bezirksamtsassessor, † . . . Juni.

Jenny van Zitzewitz, † den 29. Juli zu Gr. Gansen.

Sohn . . . des Regierungsraths von Zschock, † den 21. Juni zu Gärbersdorf bei Friedland.

. . . . Sohn des Goldarbeiter v. Zschäschen, † den 27. Mai zu Breslau.

Journal-Revue.

*Anzeiger für Kunde der deutschen Vorzeit. 1872. Nr. 8. — Sphragistische Aphorismen von F.-K.: Siegel Heinrichs von Gumppenberg von 1333. Siegelstempel des Grafen Friedrich II. van Bremen, † 1221. Mit Holzschnitten.

*Beiträge zur Kunde steiermärkischer Geschichtsquellen. VIII. Jahrgang. Graz, 1871. — Die zeitgenössischen Quellen zur Geschichte der Grafen von Cilli, mit Einschluß der sogenannten „Cillier Chronik" (1341—1456) van Dr. F. Krones.

37. Jahresbericht des historischen Vereins von Mittelfranken. 1869 und 1870. Ansbach. Urkunden und Regesten zur Geschichte der Sippe der Chrophoven auf dem Nordgau, von Dr. Kropf. — Beilager des Markgrafen Albrecht mit Anna von

Sachsen, von J. Baader. — Das Geschlecht der Tucher in Nürnberg und seine Gedenkbücher, von Dr. Th. v. Kern.

Württembergische Jahrbücher für Statistik und Landeskunde. Jahrgang 1870. Stuttg. 1872. Die ältere Genealogie der Grafen von Rechberg, von H. Bauer.

Mittheilungen des Kgl. Sächs. Vereins für Erforschung und Erhaltung vaterl. Geschichts-Denkmale. 22. Heft. Dresden 1872. Wolf Kaspar v. Klengel, van Freiherrn ö Hyrn. — Nickel van Minckwitz. Ein Ritterleben aus der Reformationszeit. Von Dr. J. Falke.

*Mittheilungen des histor. Vereins für Steiermark. 19. Heft. Graz 1871. Sigmund v. Herberstein. Ein Lebensbild ꝛc. van Dr. F. Krones. — Die Abstammung der Fürsten von Windisch-Grätz, eine Gegenschrift zu Dr. C. Tangl's Aufsatz, von J. Gebhard. — Die gegenwärtig blühenden Familien des steiermärkischen Hochadels, und — Ulrich's von Liechtenstein, des Minnesängers Grabmal auf der Frauenburg, von L. Beck-Widmanstetter.

*Mitheilungen des Vereins für Geschichte und Alterthumskunde in Hohenzollern. V. Jahrg. 1871/72. Sigmaringen. — Regesten zur Geschichte der Grafen von Veringen (Schluß), von Lehrer Locher. Mit Siegel- und Grabstein-Abb. — Zur Geschichte der Burg Hornstein und ihrer Besitzer, von A. Lichtschlag, Gymn.-Lehrer.

*Wochenblatt der Johanniter-Ordens-Balley Brandenburg. 1872. Nr. 39. — Nekrolog des Grafen Eberhard zu Stolberg-Wernigerode, von Hofrath Hesekiel.

*Zeitschrift des Vereins für hessische Geschichte und Landeskunde. N. F. IV. Bd. Heft 1 und 2. Kassel 1872. — Ein Stück Kasseler Häuser- und Familiengeschichte, von Kammergerichtsrath Stölzel in Berlin.

*Numismat. Zeitung (von Leitzmann), 1872. Nr. 18—20. Lebensabriß des berühmten Medailleurs, Ritter Johann Carl Hedlinger (von Hettlingen) van Schwyz.

NB. Die mit * bezeichneten Schriften befinden sich in der Vereinsbibliothek.

Bibliographie.

Herwarth von Bittenfeld, Premierlieut. im 2. Garde-Regiment z. F., Geschichte des Königl. Preuß. Zweiten Garde-Regiments zu Fuß. Im Auftrage des Obersten und Kommandeurs von Bentheim für die Mannschaft des Regiments zusammengestellt. Berlin 1865. Kgl. Geh. Oberhofbuchdruckerei. 128 S. 12.

Lippe-Weißenfeld, Ernst Graf zur, Ehrenritter der Balley Brandenburg des Johanniter-Ordens und Kgl. Rittmeister a. D., Geschichte des Königlich Preuß. 6. Husaren-Regiments (ehedem 2. Schlesischen). Berlin 1870. Kgl. Geh. Oberhofbuchdruckerei. 8. 397 Seiten mit 6 Tafeln in Farbendruck und 1 Plan.

Prittwitz und Gaffron, Walter von, und Georg von Siebahn I., Sec.-Lieutenants im Kaiser Alexander Garde-Grenadier-Reg. Nr. 1, Geschichte des Königlich Preußischen Kaiser Alexander Garde-Grenadier-Regiments Nr. 1 und seiner Stammtruppen. Berlin 1864. Kgl. Geh. Oberhofbuchdruckerei. 12. 186 Seiten.

Bresslau, Diplomata centum in usum scholarum diplomaticarum ed. et annot. illustr. Berlin 1872. 8. XII, 225 pp. 1 Thlr.

Codex diplomaticus Silesiae. Herausgegeben vom Vereine für Geschichte und Alterthum Schlesiens. VII. Bd. 2. Thl. A. u. d. T. Regesten zur schlesischen Geschichte Namens des Vereins für Geschichte und Alterthum Schlesiens, herausg. von C. Grünhagen. I. Abth. Vom Jahre 1251 bis 1258. Breslau 1872. 4. 72 pp. 22½ Sgr.

Eberty, Fel., Geschichte des preußischen Staates. VI. Bd. 1806—1815. Breslau 1872. 8. IV, 688 pp. 2½ Thlr.

Egger, Jos., Geschichte Tirols von den ältesten Zeiten bis in die Reuzeit. I. Bd. 4—6. Lfg. Innsbruck 1872. 8. VIII u. p. 384—684. 28 Sgr.

Höhlbaum, Chr., Johann Renner's livländische Historien und die jüngere livländische Reimchronik. I. Thl. Göttingen 1872. 8. IV, 129 pp. 20 Sgr.

Loserth, J., die Geschichtsquellen von Kremsmünster im 13. und 14. Jahrhundert. Mit einem Barwart von O. Lorenz. Wien 1872. 8. XX, 120 pp. 26 Sgr.

Reitzenstein, C. Chr. Freiherr von, Regesten der Grafen von Orlamünde aus Babenberger und Ascanischem Stamm mit Stammtafeln, Siegelbildern, Monumenten und Wappen, herausgegeben vom historischen Verein für Oberfranken zu Bayreuth. Bayreuth 1871. (Berlin, Mitscher & Röstell). 4. VII, 284 pp. Mit 12 Steintaf. 3 Thlr. 15 Sgr.

Ropp, G. v. d., Erzbischof Werner van Mainz. Ein Beitrag zur deutschen Reichsgeschichte des 13. Jahrhunderts. Göttingen 1872. 8. V, 196 S. 1 Thlr.

Schum, W., die Jahrbücher des St. Alban-Klosters zu Mainz. Eine Quellenuntersuchung. Göttingen 1872. 8. V, 190 S. 20 Sgr.

Vorstehende Werke sind in der Buchhandlung der Herren Mitscher & Röstell in Berlin, Leipzigerstr. Nr. 129 vorräthig, und durch dieselbe zu beziehen.

Briefkasten.

Herrn Grafen B.-P. — Mit Vergnügen werde ich vorkommenden Falles Ihre Wünsche in Rücksicht nehmen.

Herrn Baron v. S. — Die Zahl der Wappenmaler ist Legion, — hier nur die Adressen einiger der hervorragenden, die wir empfehlen können:

Herr Ad. M. Hildebrandt zu Mieste, Berlin-Lehrter Bahn.
  „ C. Winkler, Oranienstr. 135.
  „ Th. Scheuplein, Fehrbellinerstr. 14.   } Berlin.
  „ Rohde, Fürstenstr. 16.
  „ L. Clericus, Markgrafenstr. 98, I. links.
  „ Hofwappenmaler C. Krahl in Wien, Kruger Straße 13.
  „ Hofwappenmaler Jürgens in Hannover.
  „ Jul. Henze in Dresden, Fleischergasse 4, 1.
  „ Anton Pollinger in München, Salvatorstr. 7/0.

Inserate.

Vierteljahrsschrift

für

Heraldik, Sphragistik und Genealogie.

Das zweite Heft dieser Zeitschrift ist bereits in die Druckerei gegeben; dasselbe wird 6—7 Bogen mit circa 86 Holzschnitten enthalten. — Wir bitten diejenigen Herren, welche das 1. Heft behalten haben, aber mit ihren Bestellungen der Fortsetzung noch im Rückstande sind, diess baldigst nachzuholen.

Die Redaction.
Seyler.

Für 1½ Thlr.!

Aus einer Verlagsmasse sind mir eine Anzahl: Zedlitz, Neues Preuß. Adelslexicon. Leipz. 1836, 39. 4 Bde. (A—Z) u. 1 Supplem. übergeben worden.

J. A. Stargardt,
Berlin, Jägerstr. 53.

Man wünscht zu verkaufen:

O. T. von Hefner's Handbuch der theoretischen und practischen Heraldik. 2 Bde. Der erste Band ist hübsch gebunden. Offerte gef. an die Redaction dieses Blattes.

Redacteur: Gustav Seyler in Berlin, Potsdamer Str. 43a. II. — Commissions-Verlag von Mitscher & Röstell in Berlin. Druck von A. Haack in Berlin.

Kleine Chronik.

Erhebung in den Freiherrnstand. Se. Majestät der König von Preußen haben Allergnädigst geruht:

Den Rittergutsbesitzer, Handelsrichter und Stadtverordneten Carl Franz Hubert Nellessen zu Aachen in den Freiherrnstand zu erheben.

Publicirt den 26. October 1872.

Familien-Nachrichten.
Vermählungen.

Alexander von Asseburg-Neindorf und Luise geb. Gräfin zu Reventlow, den 30. Aug. zu Schleswig.

Hans Bauer von Bouern, Premierlieut. im schleswig'schen Inf.-Reg. Nr. 84 und Gertrud geb. Tiedemann, den 21. September zu Warmbrunn.

Christian Graf von Bernstorff, Lieut. im Brandenburg. Cuirassier-Regiment Nr. 6 und Lauise Freiin von Bibra, d. 7. Sept. zu Schloß Irmelshausen.

Ehrenreich von Besser, Premierlieut. im Kaiser Franz-Garde-Grenadier-Reg. Nr. 2 und Anna geb. Drechsler, den 10. October zu Leipzig.

Moritz Freih. von Bissing, Premierlieut. im 2. Schles. Dragoner-Reg. Nr. 8 und Myrrha geb. Freiin von Wesenbank, den 22. August zu Dresden.

Constantin Freiherr von Basse, Hauptmann a. D. und Bertha geb. Haase, den 3. September (Berlin).

August Brondt von Lindau, Kgl. Preuß. Rittmeister a. D., und Dorothea geb. Freiin von Bissing, d. 29. August zu Görlitz.

Hans von Brause, Premierlieut. im Pomm. Füsiler-Regt. Nr. Nr. 34, und Margarethe geb. Brumm, den 20. September zu Stettin.

Bonaventura von Brederlow, Major und Bataillons-Commandeur im 2. Hannov. Infant.-Reg. Nr. 77, und Bertha geb. von Larch, den 24. September zu Burg Ariendorf.

A. von Broecker, Feld-Divisionspfarrer der 6. Division, und Elisabeth geb. Dominit, d. 14. Septbr. zu Kulm in Westpreußen.

Hippolyt Freihr. v. Buddenbrock-Hettersdorf, Premierlieut. des 3. Garde-Grenadier-Regts. Königin Elisabeth, und Elmerine von Koschützki-Lorisch, den 26. September zu Kempczowitz.

Raimund von Caprivi, Hauptmann und Camp.-Chef im 4. bad. Inf.-Regt. Nr. 112, und Gertrud geb. Freiin von Meerscheimb, den 21. Septbr. zu Berlin.

Aschwin Freihr. von Cromm, Premierlieut. à la suite des Magdeb. Dragoner-Regts. Nr. 6, und Hedwig geb. Freiin von Sierstorpff, den 24. September zu Driburg.

Reinhold von Dertschou, Lieut. im Mecklenbg. Füs.-Reg. Nr. 90 und Helene geb. Voigt, den 12. September zu Demmin.

Carl von Diringshofen, Premierlieut. im 64. Infant.-Reg. Adjut. d. 41. Inf.-Brig., und Elisabeth geb. Ewest, den 26. Sept. zu Berlin.

Dr. Richard Doering, Stabsarzt, und Elmy geb. von Gontard, den 25. September zu Berlin.

Carl Graf von Einsiedel-Wolkenburg und Helene geb. Keyßelitz, den 3. September zu Möckern.

Rudolf Freiherr von Fiud auf Noethnitz und Marianne geb. von Burgk, den 12. September zu Pesterwitz.

R. von Flottow, luth. Pastor zu Radevormwald und Marie geb. von Detwitz, den 17. September zu Niesky.

Adolf Falcke, Kgl. Oberförster zu Loisnitz, und Marie geb. von Furtenbach, den 5. September zu Nürnberg.

Curt von Funcke auf Dösen und Helene geb. von Funcke, den 10. October (zu Stahmeln?)

Heinrich von Goßler, Hauptmann und Adjutant im Kriegsministerium und Emma geb. v. Sperber, d. 31. Aug. zu Gorskullen.

Victor Thiel, Premierlieut. im 1. Westpr. Grenadier-Reg. Nr. 6, und Clara von Gündell, den 17. September zu Neiße.

Hans Freiherr von Hommerstein, Kreisdirector zu Colmar, und Marie geb. van Robiel, den 14. September zu Berlin.

Karl Meyer, Prediger, und Clara von Heusch (einz. Tochter des Oberstlieut. Wilhelm v. H. und Bertha geb. Freiin von Stillfried-Rattonitz), den 24. September zu Breslau.

von Holy-Poniecip, Lieutenant im Kurmärkischen Dragoner-Reg. Nr. 14, und Elisabeth geb. von Petersdorff, den 14. October zu Jacobsdorf.

van Jausan, Hauptmann im großen Generalstabe, und Sara geb. von Halzendorff, den 11. September zu Gotha.

Max von Johnston auf Rathen, Lieut. b. d. Res. des 1. Schles. Husaren-Regts. Nr. 4 und Elisabeth geb. v. Hauteville, d. 21. Sept. zu Breslau.

von Kalckreuth, Lieut. in der Reserve 1. Brandenb. Dragoner-Regts. Nr. 2 und Katharina geb. Gräfin Kalckreuth, d. 3. October zu Hackpfüffel.

Oscar von Karlinski, gen. von Corlowitz, Hauptmann und Comp.-Chef im Hess. Füs.-Reg. Nr. 38, und Marie geb. v. Tempsky, den 24. September zu Görlitz.

Stephan von Leszyncki auf Ilgen und Selma geb. v. Klaß, den 23. September zu Fraustadt.

Ernst von Kietzell, Hauptmann und Comp.-Chef im Hess. Füs.-Reg. Nr. 80, und Ida geb. Thelius, den 23. September zu Bad Ems.

Theodor von Lieres und Wilkau, Lieutenant und Adjutant des Leib-Cuirassier-Regts. (Schles.) Nr. 1, und Helene geb. von Wallenberg, den 19. September zu Pertschütz.

Alfred Soge, Administrator, und Elisabeth geb. von Lindenau, den 4. September zu Sorau.

Carl Freiherr von Lindenfels, Majoratsherr auf Thumsenreuth, und Martha von Seidewitz zu Rückersdorf, am 3. October zu Rückersdorf.

Carl Freiherr von Lindenfels-Reislas, und Catharina geb. Wagner, den 9. October zu Nürnberg.

von Lockstedt, Landrath, und Saphie geb. Gräfin Rittberg, den 15. October zu Breslau.

Ferdinand von Losch, Premierlieut. im Anhalt. Infant.-Reg. Nr. 93, und Agnes geb. von Trotha, d. 24. Septbr. zu Dessau.

von Luck, Hauptmann und Compagnie-Chef im 4. Niederschles. Inf.-Reg. Nr. 51, und Libby geb. van Matz, den 15. October zu Brieg.

A. van der Lühe-Raffin und Cäcilie geb. von Blankenburg, den 16. September zu Strachmin.

Victor Sigismund von Oertzen, Lieut. im 1. Pomm. Ulanen-Reg. Nr. 4, und Clotilde geb. von Madai, den 27. September zu Berlin.

Fritz von Popen-Röningen und Anna geb. von Steffens, den 17. September zu Düsseldorf.

von Plehwe, Oberst und Commandeur des 2. Hannöv. Infant.-Reg. Nr. 77 und Alma geb. v. Borcke, den 16. September zu Potsdam.

Hans von Portatius, Lieut. im 1. Schles. Dragoner-Reg. Nr. 4, und Drahamira von Frankenberg-Lüttwitz, den 19. September zu Bielwiese.

Adolf von Robenhorst, Premierlieut. im K. Sächs. Feld-Artillerie-Reg. Nr. 12, und Margarethe geb. Freiin von Hausen, den 14. October zu Dresden.

Ehrenreich von Redern, Premierlieut. im Westfäl. Inf.-Reg. Nr. 16, und Gertrud geb. Greinert, d. 9. October zu Berlin.

Friedrich Freiherr von Reichlin-Meldegg und Alexandrine geb. van Sybel, den 9. October zu Straßburg.

Richard Freiherr von Rheinbaben, Premierlieut. im Mecklenb. Grenadier-Reg. Nr. 89, und Helene geb. Rahne, den 20. September zu Neustrelitz.

Benno Siebag, Apotheker, und Elisabeth geb. van Riebel, den ... Sept. zu Guttentag.

Dorotheus Graf zu Rothkirch und Trach, kgl. Kammerherr, Mitglied des Herrenhauses, und Amelie geb. Freiin von Gersdorff, den 19. September zu Ostrichen.

Carl von Schallern, Premierlieut. im k. b. Ingenieurcorps, und Antonie Zehler, Tochter des k. Hauptmanns a. D. Zehler, … September.

von Scheffer, Rittmeister u. Escadr.-Chef im 1. Leib-Husaren-Regt. Nr. 1, und Emma geb. von Tresckow, den 21. September zu Doelzig.

Freiherr von Schlotheim, Major und Abtheilungs-Commandeur im Bad. Feld-Art.-Reg. Nr. 14, und Marie geb. Schneidewind, den 9. October zu Suderode.

Graf von der Schulenburg, Rittmeister und Escadronschef im Magdeb. Dragoner-Reg. Nr. 6 und Margaretha geb. Freiin von Waldenfels, den 15. October zu Berlin.

Philipp von Stammer, Rittmeister und Escadronschef im K. S. 1. Reiter-Reg., und Helene geb. Freiin von Palm, den 25. September zu Lauterbach.

Eugen von Tecklenburg, Hauptmann und Compagnie-Chef im 6. ostpreuß. Inf.-Reg. Nr. 41, und Elisabeth geb. Waas, den 10. October.

Freiherr von Tettau, Premierlieut. im Mecklenb. Grenadier-Regiment Nr. 89, und geb. von Meyern, den 13. September zu Gresse.

Heinrich von Tiedemann, Premierlieut. im 3. hess. Infant.-Reg. Nr. 83, und Dora geb. Hardt, d. 18. September zu Berlin.

Fritz von Trotha, Premierlieut. im 4. Magdeb. Inf.-Reg. Nr. 67, und Elisabeth geb. von Larisch, den 12. Sept. zu Dessau.

Lothar von Trotha, Lieutenant und Regiments-Adjutant im 2. Niederschles. Infant.-Reg. Nr. 47, und Bertha geb. Neumann, den 15. October zu Mainz.

Oldwig von Uechtritz, Hauptmann in der 6. Gendarmerie-Brigade, und Marie geb. Freiin v. Knobelsdorff, den 18. September zu Liegnitz.

Professor Dr. Alwin Schultz, und Anna von Wagenhoff, den 16. September zu Warmbrunn.

Wilhelm von Waldow auf Fürstenau, und Clara geb. von Bülow, den 12. October zu Berlin.

Benno von Wildemann, Hauptmann im Hannov. Jäger-Bat., und Hedwig geb. Knoblauch, den 17. September zu Clus bei Gandersheim.

Hans Carl von Winterfeldt und Emilie geb. Hellwig, den 3. September zu Desben.

August von Wnuck, Oberstlieut. z. D., und Pania geb. Kollogowska, den 8. September zu Graz.

Dr. Geßner, Assistenzarzt im Niederschles. Feld-Art.-Reg. Nr. 5 mit Hermine von Wolframsdorff, d. 24. Septbr. zu Lünern.

August Freiherr von Wöllwart, Kgl. Württemb. Oberstlieut. und Gräfin Olga von Taubenheim, den 17. Septbr. zu Stuttgart.

Hans Freiherr von Wolzogen, und Mathilde geb. von Schöler, den 7. September zu Potsdam.

Franz Freiherr von Zuylen van Nyevelt, Fideicommiß-Besitzer zu Prüsening (Bayern), und Alwine von Herzog, Tochter des Adolf von Herzog auf Nairitz und der Julie von Herzog, geb. Freiin von Thon-Dittmer, … September.

Todesfälle.

Dr. Anton **Tobias,**
Oberlehrer am Johanneum und Stadtbibliothekar in Zittau,
Mitglied des Vereines „Herold",
† am 9. October 1872, 44 Jahre alt.

v. Ackermann, Rechtsanwalt, † den 4. Sept. zu Saulgau.

Franzisca Freifrau von Aretin geb. Gräfin Drechsel, K. Kämmerers- und Landrichters-Wittwe, 68 J. alt, † den 16 August zu München.

Friedrich Albrecht Freiherr von Besserer, Königl. Württemb. pens. Oberlieutenant, † den 13. September zu Ludwigsburg, 34 Jahre alt. (Fortsetzung folgt.)

Redacteur: Gustav Seyler in Berlin, Potsdamer Str. 43a. II. — Commissions-Verlag von Mitscher & Röstell in Berlin. Druck von A. Haack in Berlin.

Standeserhöhungen.

Se. Majestät der König von Preußen haben allergnädigst geruht den Rittergutsbesitzer Anton Ludwig Theodor Krüger auf Boynowice im Kreise Fraustadt zu Witoslaw bei Alt-Boyen unter dem Namen Opitz von Boberfeld in den Adelstand zu erheben. (Diplom d. d. 3. April 1872.) Publicirt 26. November.

Se. Majestät der König von Sachsen haben Allergnädigst geruht, den erblichen Adelstand zu verleihen:

1) von der Infanterie, dem Commandeur des 3. Infanterie-Regiments „Kronprinz" Nr. 102 Obersten Rudorff;

2) von der Cavallerie, dem Commandeur des 3. Reiter-Regiment Oberstlieutenant Walther;

3) von der Artillerie, dem Commandeur der Artillerie-Brigade Obersten Funcke;

4) von der Verwaltung, dem Intendanten der Armee Oberstlieutenant Winkler z. 3. dienstleistend beim Schützen- (Füsilier-) Regiment „Prinz Georg" Nr. 108.

Publicirt den 8. November 1872.

Se. Kgl. Hoheit, der Großherzog von Mecklenburg-Schwerin, haben dem Kammerherrn v. d. Kettenburg auf Matzendorf, Schwetzin ꝛc., auf dessen Ansuchen unter dem 22. November 1872 die Annahme der vom Kaiser von Oesterreich ihm verliehenen Freiherrnwürde und die Führung dieses Titels allergnädigst zu gestatten geruht.

Familien=Nachrichten.

Vermählungen.

Ludwig Graf von Arco-Zinneberg, k. b. Kammerherr, Hauptmann a. L s. und Gutsbesitzer, u. Adolfine Marie Richenza Wilhelmine Augusta Gabriele R.-Gräfin von Schaesberg-Thannheim den .... Octob. oder Anfangs Nov. zu München.

Curt Weber, Hauptmann im kgl. Sächs. 3. Inf.-Reg. Nr. 102 u. Bertha geb. von Beeren, den 5. Novmbr. Festung Königstein.

Georg von Berger (ältester Sohn des Cameral-Directors v. B. zu Hermsdorf u/K. u. Marie geb. Herzog am 24. Sept. zu Warmbrunn.

Hugo von Boddien, Major a. D. u. Elisabeth geb. Schlößmann, zu Dresden den 24. Octob.

von Brandt Hauptmann u. Compagnie-Chef im Grenadier-Reg. „Kronprinz" und Louise geb. von Wulffen gen. Kuchmeister v. Sternberg den 11. November zu Danzig.

Gotthold Telle, Prediger u. Rector in Drossen, u. Lucie geb. von Bremen den 7. Nov. (Berlin.)

Heinrich Bronsart v. Schellendorf Hauptmann im General-Stabe der 22. Divis., u. Elisabeth, geb. Freiin von Schellersheim den 24. October zu Eisbergen bei Rinteln.

Hermann Bülow und Hedwig geb. von Dieczelsky den 12. November zu Chottschow.

Heinrich von Bünau, Premier-Lieut. im 1. Thüring. Inf.-Reg. Nr. 31. u. Helene geb. v. Dittmar den 29. Oktober. (Berlin.)

Oskar von Busse und Adelheid geb. Freiin v. Knobelsdorf, den 24. Oktober zu Schöneiche.

Carl v. Büttner und Anna Fritsch den 15. Octob. zu Schönfeld.

Hans von Carlowitz Hauptmann u. Compagnie-Chef im 1. Bad. Leib-Gren.-Reg. Nr. 109, und Mathilde geb. Freiin v. Canstein den 11. Nov. zu Cassel.

Hermann von Chappuis Hauptmann und Compagnie-Chef im Kaiser Franz Garde-Gren.Reg. Nr. 2, und Leonie geb. Stern den 21. Oktober zu Frankfurt a/M.

Rudolf Haute, Bankdirector zu London u. Clara von Collani, den 17. Octob. zu Warley in der Grafschaft Essex.

Carl von Dobschütz, Lieutenant im 4. Oberschl. Inf.-Reg. Nr. 63, und Hedwig Zeuthe zu Oppeln Ende Septbr.

Kaufmann Bockel, in Wien und Anna geb. von Eichmann den 8. Oktober zu Breslau.

Bruno Freiherr von Eickstedt auf Korniz in Oberschlesien, Lieut. im 2. Landw.-Ulanen-Reg., u. Olga geb. Ul.ich den 14. October zu Breslau.

Constanz Freiherr von Esebeck, Rittmeister u. Escadrons-Chef im 1. Bad. Leib-Dragoner-Reg. Nr. 26., u. Marie geb. Gräfin von Klinkowstroem, den 28. Oktober zu Stettin.

☩ Manuel Figueira von Almeida, kgl. preuß. Lieut. a. D. u. Morgaretha, 2. Tochter des K. Russ. Geheimraths v. Bafily, den 16. Oktober zu Odessa.

von Frankenberg, Premier-Lieutenant im 6. Westfäl. Inf.-Reg. Nr. 55., und Maria geb. Charlier, den 24. Oktober zu Aachen.

Georg von der Gabelentz, Assessor am K. Sächs. Bezirks-Gericht zu Dresden, u. Alexandra geb. Freiin von Rothkirch-Trach, den 20. Octob. zu Altenburg.

Georg v. Götz, Premier-Lieutenant im Kurmärk. Dragoner-Reg. Nr. 14, Adjutant der 19. Kavallerie-Brig., und Louise geb. Freiin von Schlotheim den 17. Oktober zu Schwerin.

v. Götze, Hauptmann, und Ida geb. Bergmann, den 29. October zu Osnabrück.

Albrecht Oberg, Regierungs-Assessor in Breslau, u. Olga geb. von Gröling, den 14. Novbr. zu Ellguth v. Gr.

Otto von Gruben, Regierungs-Assessor, und Minna geb. von Dertzen, den 29. Oktober zu Neu-Brandenburg.

Albert von Heyden, Premier-Lieut. im 75. Inf.-Reg., u. Veronika geb. Gräfin Prebentow-Przebendowska, den 18. October zu Berlin.

Hermann von Heyden, u. Hedwig geb. Hann von Weyhern, den 9. November zu Stettin.

Heinrich Anders u. Emma von Hocke, den 23. Oktober zu Hohenfriedeberg.

Ernst Freiherr von Imhoff, Landjägermeister a. D., und Caroline geb. von Randow, der 18. October (Dresden u. Rostock.)

Alexander von Kalkreuth, und Emma Kern zu Königshütte Oberschlesien .... October.

Emmo Hermann, Pr.-Lieutenant a. D. und kgl. Strafanstalts-Inspector und Hedwig geb. v. Kampz den 26. October zu Stift Marienfließ bei Trampke in Pommern.

Clemens Graf von Klinkowstroem und Martha geb. Gräfin zu Eulenburg, den 6. November zu Gallingen.

Berthold von dem Knesebeck und Else geb. Hufeland, den 17. October zu Wrietzen a. O.

Albert Freiherr von Lynker, Pr.-Lieutenant im Anhalt. Inf.-Reg. Nro. 93 und Gertrud geb. Freiin von Lynker, den 2. Nov. (Berlin.)

Georg Freiherr v. Massenbach und Elsbeth geb. v. Rathusius, den 17. October zu Hundisburg.

Fritz Alberti u. Hedwig geb. v. Rosch, den 3. November zu Halle.

Hermann von Nostitz-Wallwitz, k. sächs. Staatsminister, mit Ida verw. von Nostitz und Jänckendorf, geb. von Arnim. Dresden am 16. October 1872.

Carl Freiherr von Pappenheim-Liebenau und Fides geb. Freiin von Herder, den 28. October zu Weimar.

C. von Platen-Benz und Margaretha geb. von Berg, den 14. November zu Benz.

Athenstädt, Hauptmann à la suite des Magdeburger Füs.-Reg. Nro. 36, Lehrer am Cadettenhause Wahlstatt, und Valesca geb. v. Pfuhl, den 5. November zu Liegnitz.

Fritz von Randow, Rittmeister a. D., und Marie geb. Sievogt, den 7. November zu Dresden.

August von Reichert, Inspections-Assistent der bayer. Ostbahnen, und Jetty geb. Badhauser, den 13. October zu Rothenbuch.

Erdmann Freiherr von Reitzenstein und Phyllis Freiin von Reitzenstein, Adoptivtochter des Rittmeisters a. D. Gustav Freiherrn von Reitzenstein, den 16. October zu Breslau.

Johannes von Soldern, Landrath des Laubaner Kreises, und Margarethe geb. Gräfin Hohenthal, den 22. October auf Schloß Krauthoyn.

Baege, Premier-Lieutenant und Regiments-Adjutant des Heff. Inf.-Reg. Nro. 82, und Morionne geb. Freiin Sartorius von Woltershausen, den 19. October.

Carl v. Scheffer-Schonklitten und Morie geb. Baumgorth, den 15. November zu Königsberg i. Pr.

Mox von Schkapp, Pr.-Lieutenant im 4. Brandenburg. Inf.-Reg. Nro. 24, und Gertrud geb. Bauer, ben 9. November zu Werder bei Neu-Ruppin.

Otto von Schwerdtner-Pomeiste, Majoratsherr, und Olga geb. von Kleist, den 12. Ravember zu Wornin.

August Ferdinand Zipperling und Thella geb. Freiin. von Seckendorf, den 29. October zu Halle.

Alfred Freiherr von Senden-Bibrou, Lieutenant und Adjutant im 2. Schlef. Drag.-Reg. Nro. 8, und Gertrud geb. von Reinersdorff, den 22. October zu Ober-Strodam.

Rudolf Graf Seyßel d'Aix, Major und persänlicher Adjutant Sr. Kgl. H. des Prinzen Carl von Preußen, und Alice geb. von Graefe, den 11. November in Berlin.

Fritz von Steuben, Hauptmonn und Compagnie-Chef im 5. Thüring. Inf.-Reg. Nro. 94 und Ida geb. v. Ziegesar, den 6. November zu Drackendorf.

Maximilian von Trützschler-Follenstein, K. S. Premier-Lieutenant, und Isidore geb. Freiin von Uckermonn, den 19. Oct. zu Dresden.

Hubert von Weigel und Antonie Schubert, den 15. October zu Neiffe.

Adolf Holdt und Clara Emilie von Wenckstern, den 20. October zu Breslau.

Heinrich Hoferichter, Prem.-Lieut. im 1. Pof. Inf.-Reg. Nr. 18, und Martho geb. von Witowsfa, den 6. Ravember in Glatz.

Hermonn von Wolffrodt, Prem.-Lieut. im 4. Gorde-Reg. zu Fuß, und Elifobeth geb. Drake, den 30. October zu Berlin.

Carl Freiherr Walsfeel von Reichenberg auf Uettingen, Seconde-Lieutenant im Kgl. Boyr. 1. Chevouxlegers-Reg. (Kaiser Alexander von Rußland) z. Z. in München, mit Emma Sophie Luise Freiin von Thüngen a. d. H. Roßbach, am 26. October zu Roßbach bei Brückenou.

Todesfälle.

Heinrich von Ammon, Kgl. Ober-Procurator, † den 13. November zu Bonn.

Caroline von Arnim, verw. Generalin, geb. Kundenreich, † den 17. October zu Berlin.

Fritz von Arnim, geb. den 9. October, † den 13. November zu Criewen.

Hugo von Aster, Major im Preuß. Ingenieur-Corps, R. h. O., † den 23./24. September Nachts zu Berlin („während eines in voller Gesundheit unternommenen Besuches bei seiner Mutter, der verw. Generalin von Aster". Wittwe: Louise geb. Aster zu Dresden).

Henriette von Banchet, geb. Risch, 67 J. alt, † den 19. Oct. zu Neuruppin.

Eduard von Barnekow, † den 3. November zu Lanken. (Wittwe und 4 Kinder.)

Auguste Freifrau von Barnekow, geb. von Barnekow, 69 J. alt, † den 29. October zu Ralswiek.

Eugenie Freiin von Behaim, † den 13. September zu Nürnberg, 17 J. alt.

Elisabeth, 17jährige Tochter des K. Kammerherrn von Behr und Morie geb. Homeyer, † den 16. September zu Schmaldow.

Antonie verw. Kantor Kahl, geb. Gräfin Bethusy-Huc, † den 12. September zu Breslau.

Cécile Gräfin von Beust, geb. Freiin von Gersdorff, † den 7. October zu Weimar.

Adelheid (Tochter des Kgl. Londraths u. Kammerherrn B. von Bismarck und M., geb. von Lettow), fast 13 J. alt, † 30. Oct. u Külz bei Naugord.

Friedrich Adolf van Bockelberg, Kgl. Württemb. Kammerherr, Befitzer von Strebißla in Schlesien, Senior des Eisernen Kreuzes, 78 H. alt, † 13. Oct. zu Dresden.

Ferdinand von Bohlen, Majoratsherr auf Lerchenbarn und Bohlendorf, geb. om 7. Juni 1802, † den 13. September zu Lerchenborn.

Renote von Boelßig, geb. von Schönberg, verw. Majorin, † den 9. November zu Käpenick.

Otto von Brandenstein, 54 J. alt, † den 8. October zu Stuttgart (Wittwe: Elise, mit 6 Kindern).

Maria Joseph Antou Graf von Braffier de St.-Siman-Bollade, Kaif. Deutscher außerordentlicher Gesondter und bevollmächtigter Minister am Ital. Hase, † den 22. Oct. zu Florenz.

Martha von Brehmer, † den 30. September zu Neustadt-Eberswalde.

Elisabeth van Brietzke, (Gemahlin des Steuer-Einnehmer v. B.) † den 4. September zu Beuthen.

von Buchwald, Avantageur und Unteroffizier im 3. Gorde-Ulanen-Reg., † den 27. Letaber zu Patsdom.

Marie Freiin van Buddenbrock, † den 13. Sept. zu Berlin.

Carl Freiherr v. Bülow, Großherz. Mecklenburg-Schwerin'scher Kammerherr und Vice-Kanzlei-Director a. D., Ehrenritter des Johanniter-Ordens, † den 24. October zu Schwerin.

Marie Louise Gräfin van Buanaccorfi geb. van Weidenbach, (Gemahlin des Grafen Korf Prem.-Lieut. im bayr. 4. Artill.-Reg.) 26 J. alt, † den 11. October zu Augsburg.

Guido von Buffe, Lieut. im 4. Kür.-Reg., † den 9. September zu Münster, 18 J. alt (Sohn des Landrathes des Kreises Neu-Stettin).

Verw. Frau Oberstlieutenont van Buffe, geb. van Arnim a. d. H. Suckaw, † den 9. September zu Kiel.

Ludwig Frhr. Treusch von Buttlor-Brandenfels, Kgl. Preuß. Generallieutenant z. D., † den 19. November zu Kassel.

Helene von Carow, geb. Kellerhauß, verw. Regierungsdirect., 81 J. alt, † den 13. October zu Minden. (Sohn: Regierungs-Roth v. C. und dessen Gattin Marie, geb. van Heineken.)

Agnes Scholten, geb. von Ciefieloki, Wittwe des in der Schlacht gefallenen Hauptmanns S., † den 1. November zu Düsseldorf.

Gertrud, Kind des Herrn von Cleve-Carow und Frau, geb. von Wilamawitz-Möllendorf, † den 2. November zu Carow, 2 Tage noch der Geburt.

Wilhelmine verw. Freifrau van Collas, geb. von Lattorff, 92 J. alt, gestorben den 15. September zu Kliefen.

Friedemann August von Cornberg, Major a. D. und Rittergutsbefitzer, 51 J. alt, † den 13. October zu Caffel. (Wittwe: Kotharina geb. Freiin von Rattenberg.

Aschwin, Sohn des Majors und Eskadr.-Chefs im 1. Brandenb. Drag.-Reg. Nro. 2, Frhrn. von Cramm, † den 10. September zu Schwedt.

Sarah, 20 J. alte Tochter des Freiherrn Adolf van Cromm und Hedwig, geb. von Cramm, † den 13. September zu Rhode.

Lucas von Cronach, Major a. D., 70 J. alt, † den 13. Nov. zu Berlin.

Heinrich von Christlieb, Hauptmann im 3. Inf.-Reg., † den 10. September zu Urach.

Marie, 2½ J. olte Tochter des Herrn Carl von Czettritz-Neuhans und Auguste, geb. Schwerdtfeger, † den 15. November zu Bullendorf.

Kgl. Juftizrath a. D. von Damitz, † 4,5. November, Nachts, zu Görlitz.

Hermann von Decker, General-Lieutenant und Inspector der 1. Artillerie-Inspection, Ritter ꝛc., † den 2. November zu Berlin.

Paul Camille von Denis, Kgl. Bayer. Oberbaurath (Erbauer der ersten Eisenbahn auf dem europäischen Festlande, dann der Taunus-, Pfälzischen Ludwigs- und Maxbahn, sowie der Bayer. Ostbahnen), 78 J. olt, † den 3. September zu Dürkheim.

Victor von Derschau, Gutspächter, † den 26 Aug. zu Revel, Gouvernement Bitebsk.

verw. Cantor Maximiliane Fincke, geb. von Dieslau, 84 J. alt, † den 22. October zu Dresden.

Isabella Freiin von Ditfurth, Stiftsdame des adelichen Damenstiftes zu Oberkirchen, † den 28. August (Bad Rehburg bei Wunstorf).

Wilhelm Hermann Albrecht Burggraf und Graf zu Dohna auf Kotzenau, Ehrenritter des Johanniter-Ordens, † den 13. October zu Wiesbaden.

Anna Freifrau von Dannenberg, geb. von Brückner, Gemahlin des Bayer. Gendarmen-Majors Hermann Frhr. von D., 51 J. alt, † den 26. October zu München.

Benno, 2 J. 7 Mt. alter Sohn des Moritz von Töring, † den 18. October zu Purschwitz.

Guido von Drabizius, Kind, † den 18. October zu Breslau.

Josephine von Dufay, geb. Romthun (Gemahlin des Hauptmann von D. im 6. Pommer. Inf.-Reg. Nro. 49), † den 12. November zu Remiremont. (5 kleine Kinder.)

Julie von Eisenschmidt, geb. von Wrochem, † den 19. Oct. zu Talendzin bei Ratibor.

Mathilde Gräfin von Erbach-Schönberg, † den 28. Sept. im Schloß Schönberg.

Anna, 1 J. 10 Mt. altes Kind des Oberstlieutenant z. D. und Kammerherrn von Erichsen und Anna, geb. von Kropff, † den 14. Sept. zu Braunschweig.

Theodor Baron von Fircks, Kais. Russ. Wirkl. Staatsrath (unter dem Schriftstellernamen Seheda-Ferroti als Publicist bekannt), † den 22. October zu Dresden.

Anna von Flotow, geb. Theen (Gemahlin des Componisten der „Martha"), † den 24. September zu Wien.

Benno von Freyhald, Kgl. Oberst, Commandeur des Niederschl. Festungs-Artillerie-Reg. Nro. 5, Ritter des eisernen Kreuzes I. Kl., † den 30. Oktober zu Posen.

Anton v. Fuchs, Oberförster zu Pottenstetten (Bayern), † den 19. September.

Walburga Gräfin Fugger von Kirchberg und Weißenhorn, 87 J. alt, † . . . August.

Auguste Kellermann, geb. Ritter (sic) von Gaemmerler, verw. Regierungs- und Fiscal-Räthin, 56 J. alt, † den 13. November zu München. (Bruder: Ludwig Ritter von G., Kgl. Bayer. Oberst-Lieutenant.

Albert von Garnier, Kais. Postdirector, † den 22. October zu Jauer. (Wittwe Valerie und Kinder.)

Fr. von Gärtner, Landrath, † den 20. September zu Saarbrücken.

Freiherr von Gangreben, Kgl. Staatsanwalt, † den 11. Oct. zu Delitzsch. (Wittwe Antonie, geb. von Bredow.)

Caroline von Genzlow, Conventualin des Klosters Dobbertin, † den 6. September zu Dobbertin.

Amalie verw. Freifrau von Glaubitz, geb. Friese, 79 J. alt, † den 31. August zu Glogau.

Julie von Goldacker, geb. von Wotzdorf, † den 2. November zu Erfurt.

Ottilie von Göthe, geb. Freiin von Pogwisch (Wittwe des 1830 † Großherzogl. Sächs. Kammerherrn August Julius Walther von Göthe), † den 26. Oct. zu Weimar.

Louis von Gröling, 33 J. alt, † den 19. Octob. zu Ellguth (nach 18jährigem Leiden).

Maximilian Freiherr von Gumppenberg-Peuerbach, Kgl. Bayr. Kammerherr, Oberstlieutenant und Carnet in der Kgl. Leibgarde der Hartschiere, † den 13. September zu München, 54 J. alt.

Hedwig Freiin von Guttenberg-Steinenhausen, Stiftsdame des Kgl. Bayr. Stifts ad Sanctam Annam, † den 26. October zu Bayreuth.

Heinrich von Hagen auf Langen, Hauptmann a. D. und Rittergutsbesitzer, † den 25. September.

Hermann von der Hagen, Major und Batall.-Commandeur im 8. Westfäl. Inf.-Reg. Nro. 57, Ritter des Eisernen Kreuzes, † den 11. October zu Wesel. (Wittwe: Valerie, geb. Weber.)

Wilhelm Karl Conrad von Hammerstein-Lorten, seit dem 4. October 1868 Mecklenburg-Strelitz. Staatsminister, früher Hannoverscher Minister, † in Strelitz am 1. Sept.

Freifrau von Harsdorf, geb. von Fürer, Bürgermeisterswittwe, † den 29. October zu Nürnberg, 86 J. alt.

Eleanore von Hartlieb, genannt Walsporn, † den 22. Oct. zu Memmingen.

Max, 3½ J. altes Kind des Grafen Max Clairon d'Haussonville und Ella, geb. von Garnier-Turawa, † den 13. October zu Kielbaschin.

Oberst von Herbert, Kommandant des Königl. Ehren-Invaliden-Corps † den 4. September zu Kirchheim n. T.

Caroline von Hertell, geb. Werthmann, † den 8. September zu Plennin, 79 J. alt.

Herr Carl von Heß, Privatier, † den 2. October zu Kissingen, 85 J. alt.

Heinrich von Heydweiller, Kgl. Hauptmann a. D., † den 3. Nov. Villa Charlottenburg bei Heidelberg.

Auguste, Tochter der Frau Agnes v. Heynitz, geb. v. Diebitsch, † den 9. November zu Franstadt.

Hellene Freifrau Hiller v. Gaertringen, geb. Kramsta, † den 8. November zu Reppersdorf.

Agnes von Hillner, † den 5. October zu Fraustadt.

Feodore Fürstin zu Hohenlohe-Langenburg, 65 J. alt, † den 23. September zu Baden-Baden.

Anna Maria Luise von Hopffgarten, 2 J. 10 Mt. alt, (Tochter des Herrn Max von H.) † den 4. Sept. zu Mülverstedt.

Marie von Hörmann, Tochter des Kgl. Bayr. Kammerjunkers und Landrichters von H., † den 27. October zu München. (Schwester Emma.)

Catharina von Horrack, geb. Herzog, † den 9. October zu Frankfurt a. M., 76 J. alt.

Hans Heinrich Gottfried von Jena, Hauptmann und Chef der 7. Comp. des 5. Brandenb. Inf.-Reg. Nro. 48, Ritter des Eisernen Kreuzes, † den 2. September zu Frankfurt a. O.

Bernhardine Hedwig Charlotte von Kalben, geb. von Knoblauch, † den 31. August zu Bienau, 82 J. alt.

Wilhelm von Kothen, Rittergutsbesitzer, † den 9. September zu Götemitz a. R., 63 J. alt. (Wittwe Elisabeth, geb. Gorissen und 3 Kinder.)

Bernhard von Keler, 45 J. alt, † den 31. August zu Polnisch-Neudorf.

Therese Freifrau von Kleist, geb. von Watzdorf, † den 14. Sept. zu Ramelow.

Eva, 5½ J. oltes Kind des Herrn H. von Kleist-Retzow und . . . geb. von Ackermann, † den 21. Oct. zu Gr.-Tychaw.

Julius Knappe von Knappstädt, General-Major z. D., † den 21. September.

Oberstlieutenant a. D. v. d. Knesebeck, † in der Nacht vom 10. zum 11. November zu Verden.

Edwin von Knablach, Kgl. Major † in Folge eines Sturzes mit dem Pferde den 7. November zu Steinort. (Wittwe: Malwine geb. Gräfin Kalnein.)

Hans von Knablach, fast 3 J. alt, † den 14. November, Haf Bärwalde.

Erich, 2 J. 2 Mt. altes Kind des Hauptmanns v. Kaß, Campagnie-Chef im Colberg. Gren.-Reg. Nro. 9, und Frau Elise geb. Zeeb, † den 7. Nov. zu Stargart i. P.

Hermine von Krause, geb. von Stülpnagel, † den 13 Oct. zu Cormzow.

Ernst Friedrich von Krasigk, Generallieutenant a. D., Ritter des Rothen Adler-Ordens II. Kl. und Johanniter-Ordens, 90 J. alt, † den 28 October zu Dessau

Caroline Freiin von Künsberg, Stiftsfräulein. † den 26. September zu Wernstein.

Otto Rudolf Alphons von Lattre, Hauptmann und Campagnie-Chef im 3. Pos. Inf.-Reg. Na. 58, † den 27. Oct. in Fraustadt.

Victor von Lebinski, Civilingenieur, † den 15. October zu Bromberg.

Carl Freiherr von Ledebur. Kgl. Major und Commondant des Invalidenhauses zu Stolp, † den 25. October zu Stolp.

Alma, 16 J. alte Tochter Carl's von der Leeben und Clara, geb. v. Hoenika, † den 7. Nov. zu Berlin.

Friedrich von Lindequist, † den 23. Sept. zu Halberstadt.

Carl Friedrich von Labenthal, Oberst-Lieutenant a. D., † den 27. October zu Westend.

Freiherr von Löffelholz-Calberg, Rittergutsbesitzer auf Gibitzenhof, 67 J. alt, † den 3. October.

Wilhelm von Loeper, Kgl. Hauptmann a. D., Senior des Eis. Kreuzes, 81 J. alt, † den 12. Oct. zu Berlin. (Wittwe: Adelheid, geb. von Blankenburg.)

Caecilie Sophie Luise Franziska von Lud, † den 1. September zu Gramenz.

Theodor von Lücken, † den 24. September zu Jahrenstorff. (Wittwe: Dorothea, geb. von Stern.)

Carl von Machui, Major a. D., 79 J. alt, † den 19. Sept. zu Colberg.

Martha von Massow, geb. von Loeper, Gemahlin des Rittmeisters im Oldenburg. Drag.-Reg. Robert von Massow, † den 5. September zu Colberg-Münde.

Hedwig von Massow, Tochter des Lieutenants im Westpreuß. Küraff.-Reg. Nro. 5, 10 Mt. alt, † den 23. Dec. in Bojanowo.

Eugenie von Michaelis, geb. von Bonin, 72 J. alt, † den 19. September zu Quatzow.

Marie von Mühldorfer, geb. Forster, 25 J. alt, † den 26. September zu Bilshofen. (Wittwer: Philipp von M., Gutsbesitzer; Söhne: Philipp und Max.)

Georg, Söhnchen des Premier-Lieutenants im 2. Schles. Gren.-Reg. Nro. 11 Müldner von Mülnheim, † den 17. September zu Breslau.

Adolf von Müllenheim, Kgl. Steuerrath a. D., Senior des Eisernen Kreuzes, 74 J. alt, † den 1. Nov. zu Lübben.

Julie Gräfin von Münster-Meinhövel, geb. v. d. Marwitz, 83 J. alt, † den 19. October zu Berlin.

Freiherr von Ranendorff, Hauptmann und Compagnie-Chef im 4. Magdeb. Inf.-Reg. Nro. 67, † den 11. October zu Ranendorff bei Gera.

Charlotte, Gemahlin des Oberstlieutenant a. D. von Neubronn, geb. Freiin von Lützow, † den ... September zu Ludwigsburg. (Halbbruder: Staatsminister von Widerhold.)

Magdalene Stever, geb von Nußbaum, † den 10. November zu Rietreuz, 42 J. alt.

Carl August Rudolf von Oppen-Schilden, Königl. Dän. Kammerherr, Kgl. Preuß. Major a. D., Senior des Eis. Kreuzes, Ritter des St. Wladimir- und des Johanniter-Ordens, Majoratsherr zu Alt-Gatersleben und Besitzer der von Schilden-Holsteinschen Fideicommißgüter, geb. den 19. Januar 1792, † den 5. November zu Hoselhof bei Uetersen.

Eberhard, 13. Mt. altes Kind des Herrn Hugo von Derßen und Adelheid, geb. v. d. Decken, † den 11. Sept. zu Alt-Vorwerk.

Curt, am 18. October geb. Sohn des Advoc. Richard v. Otto und Clara, geb. von Otto, † den 2. November zu Dresden.

Walther von Pfister (Kind), † den 21. Nov. zu München.

Frau Diaconus Clara Schönwälder, geb. von Plöß, † den 21. September zu Görlitz.

Luise von Prittwitz-Gaffron, geb. von Klenck, † den 5. November zu Erfurt.

Erdmann Graf von Pückler, 45 J. alt, † den 30. September zu Rogau.

Theodor Jesko Friedrich Wilhelm von Puttkammer, Majoratsherr, 82 J. alt, † den 31. October zu Stolp.

Cuno von Rantzau, Premier-Lieutenant im 1. Garde-Reg. zu Fuß, 27 J. alt, † den 8. November zu Protsdam.

Ida Freifrau von Reitzenstein, geb. Rexroth (Gemahlin des Kgl. Bayr. Hauptmanns Heinrich Freiherr von R.), † den 22. Sept. zu Würzburg, 25 J. alt.

Carl Ferdinand Freiherr von Reyer, 73 J. alt, † den 23. October zu Trier. (Wittwe: Therese, geb. Edelmann.)

Charlotte Isabella von Reynier, geb. de Merveilleux (Gemahlin des Oberst a. D. von R.), † den 17. October zu Neufchatel, 70 J. alt.

Wilhelm von Rinow-Wahrburg, Rittergutsbesitzer auf Lindstedt und früherer Kreisdeputirter, **der Letzte seines Stammes**, † am 2. October auf Lindstedt.

Der am 4. November geb. Sohn des Rittmeisters Max von Rochow, im 1. Brandenb. Drag.-Reg. Nro. 2, und Martha, geb. Egidy, † den 13. November zu Schwedt.

Fritz Rogalla von Bieberstein, Oberstlieutenat a. D., Senior des Eisernen Kreuzes II. Kl., 76 J. alt, † den 31. August zu Görlitz.

Adolf von Rumohr, Premier-Lieutenant im Oldenburg. Inf.-Reg. Nro. 91, 28 J. alt, † den 3. November zu Meran. (Mutter: Auguste, geb. von Bach.)

Carl Freiherr von Rump, † in Folge eines unglücklichen Falles den 2. November zu Freckenhorst, 26 J. alt.

Luise von Rywotzky, geb. von Kluge, verw. Majorin, 77 J. alt, † den 19, October zu Juliusburg.

Cäcilie von Salisch, geb. von Brochem, † den 22. October zu Potsdam.

Carl Freiherr von Schacky, Königlich Bayr. Kammerherr und Herr auf Thierstein, † den 19. October zu Thierstein, 50 J. alt.

Udo Friedrich Heinrich von Schauroth, Königl. Major und etatsm. Stabsoffizier des 5. Thüring. Inf.-Regiments Nro. 94, Ritter des Eisernen Kreuzes I. Klasse, Comthur des Großherzogl. Sächsischen Falken-Ordens, † den 8. October zu Weimar.

Redacteur: Gustav Seyler in Berlin, Potsdamer Str. 43 a. II. — Commissions-Verlag von Mitscher & Röstell in Berlin. Druck von A. Haack in Berlin.

Deutscher Herold,

Monatsschrift für Heraldik, Sphragistik und Genealogie,

Organ des Vereins für Siegel- und Wappenkunde zu Berlin.

Im Auftrage des Vereins redigirt

von

Ad. M. Hildebrandt.

2. Jahrgang.

Berlin.
1871.

Zu dem 2. Jahrgange des „Deutschen Herold" haben literarische Beiträge gegeben die Herren:

Dr. A. Berger, Wien.

Dr. A. Cohn, Göttingen.

Dr. jur. Baron v. Fock, Berlin.

M. Gritzner, Königl. Preuß. Lieutenant, Berlin.

J. Grote, Rfhr., a. Schauen.

Ad. M. Hildebrandt, Mieste.

Dr. C. Ritter v. Mayerfels, München.

G. A. v. Mülverstebt, Königl. Preuß. Archivrath und
Staats-Archivar, Magdeburg.

Dr. Th. Pyl, Greifswald.

Dr. v. Querfurth, Oschatz.

K. Chl. Fhr. v. Reitzenstein, St. Amarin im Elsaß.

O. Ritter v. Schellerer, München.

G. Seyler, Offenhausen bei Hersbruck.

F. Warnecke, Geh. Minist.-Secretair, Berlin.

Ferner die Herren: F.-K., G. in Dresden, H., H. W., W. H. in Stralsund, H. v. L., Y., welche nicht näher genannt zu werden wünschten.

Allen verehrten Mitarbeitern den herzlichsten Dank und die freundliche Bitte um ihre fernere Thätigkeit!

Sach-Register

des zweiten Jahrgangs.